忌まわ昔

岩井志麻子

角川ホラー文庫
21681

目次

平安の世から令和の今に
忌まわしくも新しき「今昔物語」を
語り伝えん

三《さん》の獣《けもの》、菩《ぼ》薩《さつ》の道《どう》を行じ、兎、身を焼ける語《こと》

（巻第五第十三話）

兎と狐と猿の三匹の獣が善行を積もうと修行に励んでいた。それを見た帝釈天《たいしゃくてん》が彼らの本心を試すべく、老人に化して食事を求めた。猿と狐は食べ物を探してまわり老人を満腹にさせたが、兎は何も手に入れることができない。思いつめた兎は炎に身を投じ、我が身を焼いて差し出した。帝釈天は元の姿に戻り、自己犠牲と利他の菩薩道に殉じた兎を月の中に移してやった。

彼の母は誰に聞いてもごく普通の主婦で、死後もそのように報道された。亡くなるまでの三十年の生涯もごく平凡なものであり、あんな酷《むご》い殺され方をする理由など何一つ思い当たらないと、実際に母を知る人達も口をそろえたし、当時の新聞や週刊誌、テレビなど、あらゆる媒体でそのようにいわれた。

彼はそのとき五歳になったばかりで、母の死も断片的にしか覚えていない。生きていた頃の母も、途切れ途切れに夢と混ざりあった感じでしか思い出せない。

警察官や刑事、後からあれはマスコミ関係者だったんだなとわかった、大勢の大人達で家がごった返し、父方と母方とどちらの祖父母も来て、彼をかわるがわる抱きしめては泣き、ひたすらに優しくしてくれた。

近所の人達、見知らぬ大人達もお菓子をくれ、おもちゃで遊んでくれ、夏休みかお正月みたいだと、ちょっとはしゃいでしまったことも覚えている。

棺《ひつぎ》の中の母は、包帯で全身を巻かれた上に初めて見る鮮やかな花模様の着物を着せられ、彼の知る母ではなかった。まるで奇妙なマネキン人形みたいだった。

顔もミイラのようにすべて覆い隠されていて、母を囲む花々もあの世に咲いているもののような異様な華やかさにあふれ、遺影は生前に撮られたものであるはずなのに、この世のものではない死の詩情を漂わせていた。

恐ろしい作り込んだ美しさは、どんな死化粧《しに》でも隠せないほど顔も体も焼けただれ、一本の髪の毛も残っていなかったからだ。

テレビで母の事件のニュースが流れると、家族によって素早く他の番組に替えられた。

「母ちゃんは、もう極楽にいるんだ。地獄じゃないよ」

そう繰り返したのは、祖父だったか、祖母だったか。その日から彼は幼稚園をやめさせられ、遠方の母方の実家に引き取られた。

「地方の田舎町で、ずっとあの被害者の子どもだと指さされ、好奇の視線の中で育てるのは忍びないです」

「確かになぁ。心ない噂が耳に入れば、この子も大きく傷つくだろう」

我が子を手放す形になった父も、受け入れる母方の祖父母も泣いていた。なのになぜかその後、父方の祖父母だけでなく、父方の親族とはすべて疎遠になった。

そのまま彼は、高校を出るまで母方の祖父母宅で育てられた。その頃はパソコンも携帯電話もなく、母の事件について詳しく調べることはできなかった。

別の方法で、たとえば過去の新聞や週刊誌を、地元の図書館や文化センターのような所で探し出すとか、それもしようとはしなかった。

何より母の話は、母方の家族親族の中では決して触れてはいけないものになっていた。

全面的に被害者なのだから、祖父母は犯人への呪詛《じゅそ》、優しく真面目だったという母の思い出、迷宮入りさせそうな警察への不満を強く口にしてもよさそうなものだ。

何の罪もない母が通り魔に、あるいは一方的に逆恨みや横恋慕をされて、というような話にはされていたが、もしかして母にも何かの闇があったのか。はっきり言葉で考え、口にしたことはないが、彼も薄《う》っすら何かは感じ取っていた。

家に母の写真はあり、顔もぼんやり覚えているのに、彼にとって最も生々しく鮮やかな記憶の中にあるのは、包帯に巻かれた顔の見えない母だった。

ときおり母は、夢に出てきた。いつもあの棺の中の着物を着ていて、後ろ姿だった。包帯は巻かれてないが、絶対に振り返らなかった。

痩《や》せて小柄な母は、着慣れない着物のせいか不安定な足取りで、彼に近づくような遠ざかるような揺れ方で、決してしゃべらない。

夢の中で彼は、お母さんと呼びかけられないでいる。振り返ってほしくないのだ。夢の中で彼は、わかっている。振り返る母はもう、人であって人ではないと。

夢の中の母の向こうには、暗い緑の山がある。母は、山を見ている。山の中にいる、恐ろしい誰かを見ている。その誰かが現れる前に、彼は目を覚まさなければならない。

父はいつの間にか再婚していて、腹違いの弟や妹もできていた。たまに父とは会っていたが、父の後妻とは空々しい仲でしかなく、半分血のつながった弟妹にも親しみは持てず、父ともどんどん疎遠になっていった。

それでも父は、大学進学はさせてくれた。学費だけでなく家賃も生活費も仕送りしてもらえ、上京して初めてパソコンを手に入れた。

そうして初めて、母の事件について調べてみる気になった。父も祖父母も親族もすでに遠い故郷にいるし、何かいろいろと解き放たれた気分だった。

母の事件は、意外なほどに詳細な報道や記録が多く残され、予想外に今もって多くの人があれこれ推理をしているのだった。

年月を経て記憶は薄れていても、やはりいろいろ衝撃的だったが、顔も写真を見なければ思い出せないくらいになっている母の事件は、ミステリー小説を読み解くような不謹慎な好奇心をかきたて、危険なときめきすらもたらした。

——ごく普通の主婦が、子どもを幼稚園に送った後、自宅に内職仲間を招いた。

ダイレクトメールを封筒に入れたり、商品にシールを貼ったり、菓子箱を組み立てたり。それらの作業は同じ幼稚園に子どもを預ける母親仲間の三人一組で請け負っていて、順繰りに三人の誰かの家で行っていた。

「今日は私がウサギになる」

「明日《あした》はあなたがウサギになってね」

というのが決められた言葉と約束だった。と、後の二人は事件後に警察の聴取で語った。

ウサギになった主婦が自宅を作業場として提供し、休憩時間の茶菓子も用意する。

その日は、被害者の主婦がウサギだった。

だがその地方で、ウサギを何かの隠語として使う習慣はなく、三人だけの合言葉だったらしい。後の二人によれば、

「どちらの昔話も関係なく、おとなしい小さな女達が狭い部屋で丸まって作業してい

る姿がなんとなくウサギっぽいから」

「誰からともなく、いい出した。あの奥さんがいい出したかどうかも、わからない」

という。その日は内職を終えて二人が帰っていった後、主婦は一人で外出し、現場となった山に入って行った。

その姿を、近所の商店主や道路工事人などが目撃していた。声をかけた商店主は、

「ウサギを捕まえに行く、だったか。ウサギが捕まえられた、だったか。ウサギを探す、だったかもしれない。正確には覚えてないけど、ウサギといったことだけは確かだ」

そう、警察にもマスコミ関係者にもいった。そのおよそ一時間後、山から火の手が上がる。消防団員らが駆けつけると、人が燃えていた。

燃えずに遺体の近くに置かれていたバッグの中身から、近所の主婦だとわかる。

胸を刃物で刺された後、可燃性の液体をかけられ火をつけられていた。

解剖の結果、体内から血液型の異なる二種類の精液が検出された。ジーパンは脱がされておらず、抵抗した跡もほとんどない。これも後々、多くの憶測と謎を呼んだ。

財布はまったく手つかずだったから、強盗目的ではなく乱暴目的だったとされたが、犯人は強姦《ごうかん》した後でジーパンをはかせてから火をつけたのか。

そもそも、なぜ主婦がみずから山に入っていったのかもわからないままだ。

誰かと約束があったのか、山菜でも採りに行ったのか、たまたま行きずりの男に出くわしてしまったのか。もしかしたら合意の上の性交渉だったから、終えた後は自分でジーパンをはいたのか。なら、犯人はどうして火を放つほどの激情を起こしたのか。

当時は自宅の固定電話しかなく、警察が通話記録を調べても、特に怪しい番号は見当たらなかった。通話の相手はすべて、容疑者リストには入れられなかった。

山で不審な男が目撃されたともいわれているが、関連性は不明。凶器の刃物も見つかっていない。主婦は交友関係にトラブルは見あたらず、家族に秘密の借金などもなく、誰かに恨みを買うような人ではないと、評判の良妻賢母だった。

直前まで一緒にいた二人の主婦も、口をそろえた。

「普段通りで、まったく何も変わったことはなかったです」

「誰かに会うとも、いってなかったです」

そして三十年が経った今も、犯人はわからずじまい、未解決のままだ。

さて。天竺《てんじく》、中国を経て我が国に入った説話に、このようなものがある。

修行に励んでいたウサギ、サル、キツネの元に、老人に変身した帝釈天が現れ、食べ物を求める。賢く力もあるサルとキツネはさっそく食べ物を取ってこられたが、すべてに弱いウサギは何もできない。

野山に獲物を求め、分け入ることすら怖い。意地悪なサルとキツネは、火を熾《おこ》しながら待っていて、再び手ぶらで戻ってきたウサギを責める。

「お前は口ばっかりで、わしらの焚火《たきび》にただあたっているだけか」

するとウサギは、叫ぶなりその炎に身を躍らせた。

「私を食べてください」

元の姿に戻った帝釈天は、ウサギの姿を月の表面に移した。人は月を見上げるたび、哀れで気高いウサギを拝むのだ。

ここから来たと思われる話が、地元ではこの地方の昔話として伝えられていた。

山の鬼神が旅人のふりをして、一緒に畑仕事などしていたサルとキツネとウサギのところに立ち寄り、気を許させておいてから正体を明かした。

「三匹とも食うてやる」

と脅され、サルとキツネはいろいろと弱いウサギを焚火に放り込み、

「こいつを食って、自分達は助けてください」

と頼む。山の鬼神はサルとキツネは生きたままばりばりと頭から嚙《か》み砕《くだ》いて食べてしまった後、ウサギだけは焚火から取り出し、月に放ってやる。

熱い思いをしたウサギは、永遠に冷えた月で安らいでいるのだ。

内職仲間の二人が、「どちらの昔話も関係なく」といったのは、これらを指している。

後者の昔話と何か関係があるのかとも噂されたが、その関係性は誰にも推理できなかった。

……彼の母の事件はかなり昔のことなのに、今もネット上には根強いマニアがいる。現地に伝わるちょっと怖い昔話、暗号めいたウサギ、精液が二種類。いかにもな逸話が纏《まつ》わっていることと、今に至るも未解決のままであることから、都市伝説的な噂が好きな人達と、冷徹に謎解きをしたがるミステリーマニアの両者に人気の事件となっているのだ。

小学校、中学校、高校のときも性的な匂いが強い噂話として話題になったことはあったが、まさか目の前にいるのが遺児とは誰も気づかなかった。

彼は地元がどこであるかも伏せていたし、母は病死となっていた。

「殺された女、男とこっそり会ってたって噂あるんだよな」

「いや、体売ってたんじゃないかって噂も聞いたよ」

「精液、二種類って、輪姦《りんかん》されたのかな」

「片方は旦那《だんな》のだったっていうじゃない。でも、そりゃ当然だな。前日にもやってりゃあね。もう片方が犯人だ」

「その前に取ってた客のかもよ」

「事件とも売りとも関係ない、浮気相手のだったりして」

目の前で母をおもしろおかしく侮辱されていたことになるが、彼はほのかに苦い微笑を浮かべて聞いているだけだった。

祖父母の家に母の遺影は飾られていたが、事件は風化しても家族間では禁忌の話であり続けた。父にも、一度も母について聞いたことはない。

「ぼくが、この被害者の息子なんだよ」

それは、今まで誰にもいったことがない。ネットのない時代に多感な時期を過ごせたのは、自分にとっては幸運だったと思う。

今もネットでの書き込みには、被害者の息子について言及するものもある。

「遺《のこ》された子は今頃、どうしているんだろう」

「もういい歳だよね。普通に、会社員とかお父さんしてるのかな」

ここに、ふっと書きこんでみたくなる。私がその息子です、と。もちろんネットの向こうの人達は、本気にしないだろう。

「ところであの未解決のウサギ話、後日談も怖いじゃない」

「残りの主婦が、どっちも死んだことか」

「一人は限りなく他殺に近い自殺で、って、たぶん自殺に見せかけた他殺だろうっていわれてる。飛び降りてるけど、突き落とされたっぽい」

「もう一人は、謎の失踪《しっそう》。ま、男と逃げたのかもしれないけどね」

調べてみたら、本当に彼の母と内職仲間だった主婦二人は、一人は自殺、一人は失踪していた。母の事件と関係があるのか、まったく無関係でそれぞれ個別の事情によるものなのか、これも本当のところはわからないようだ。

二人の主婦にも彼と同年代の子どもがいたはずだが、どの子だったか思い出せない。引っ越して地元から遠い小学校に入ってから、あらゆる地元の人達との縁は切れていた。

何にしても、二人の主婦も不幸になっていたことは、彼はまったく知らなかった。もちろん、祖父母が知っていたとしても彼に話すはずもない。

その祖父母も、彼が大学生の頃に相次いで亡くなった。どちらも、死に目には会えなかった。母のことを何かいい残したかどうか、これも彼は知らない。

母はいつしか夢に出てこなくなったが、たまに祖父母は出てくる。

二人とも、明らかに生きた人のそれではない青黒い顔色と奇妙なぎこちない動きで、

「山に行くな」

「ウサギを探すな」

という。こわばる死者の顔で、祖父母は山を指す。その向こうに、炎が見えている。黒焦げになった母がいるはずだが、彼はそこでいつも目が覚める。

そうして彼は大学を出た後も地元には戻らず、そのまま都内で就職し、仕事で知り

あった女と結婚した。彼の一目惚《ひとめぼ》れだった。

彼女の母は娘が幼い頃に夫を事故で亡くし、娘だけを生き甲斐《がい》にしてきたといった。しっかりした気の強いあけっぴろげな母親と違い、妻となる娘はまさにウサギのような従順さと可憐《かれん》さがあった。

ともに片親を早くに亡くしている一人っ子という共通点もあり、自分達はにぎやかな家庭を築こう、と未来を約束し合った。

父と義母を呼び、ごく親しい招待客だけで結婚式をあげた。彼の実母は、ここでも病死したことになっていた。真相を知る親族が、めでたい場で話すはずがない。

折り合いの悪かった義母も彼のために泣いて喜び、姑然《しゅうとめぜん》として、

「私の息子を頼みますよ」

などと新妻にいっていた。その義母がいないところで、

「本当のお母さんも、お元気ならどんなに喜んだでしょうね」

妻の母や彼の同僚などは、そういってくれた。彼は、神妙にうなずいた。

あの日、ウサギになって山に行かなければ、彼の母は今頃ここにいただろう。包帯にも巻かれず、黒焦げにもならず、きちんと黒留袖《くろとめそで》を着て。

彼らが新居に選んだのは、低所得層を優先する公営の団地だった。すでに妻は妊娠しており、勤めも辞めている。これから金は、いくら稼いでも足りない。なるべく家

賃などは節約したかった。

やがて可愛い息子が生まれ、彼の家はにぎやかになった。幸せ、幸福とは平凡さの中にあるんだなと、彼は妻と息子の寝顔を見てしみじみと実感できた。

交際中から今に至るまで、彼は母の無残な死を妻に告げてない。

事件当時、妻は生まれてもいないし、彼と出会うまで彼の地元は縁もゆかりもない土地だった。一生、妻は知らないでいるだろう。息子もまた。

教えていいことなど一つもないし、可愛い息子に無残な死を遂げた祖母がいるなど、妻も知りたくないだろう。積極的に嘘をつくのと、ただ黙っていることは違う。

妻はやりくりが大変だなどと、文句や不満もいわなかった。息子にも手がかかるため、しばらく外に働きに出ることはなかったが、ようやく息子が歩き始めた頃、

「生活が苦しいし、貯金もしたいし。内職を始めようかと思うの」

などといい出した。暗にあなたの給料が安いと責めているのではないとしても、彼は不快だった。何より彼にとって内職という言葉の響きは、陰鬱《いんうつ》な過去を連れてくる。

「この団地に、仲良しグループができたのね。だいたい同世代で、似たような家庭環境っていうか、同じ団地にいるんだから、当然だけど。あなたが出勤してるとき、順番にお家に集まってお茶会とかしてるの。子ども達も一緒にお友達と遊べて、楽しいし」

そのリーダー格の主婦が、どうせだから内職でもしようといい出したそうだ。ますます母の事件を思い出させ、引き寄せてくる。だが、母の話は出せない。

「外に働きに出るのも、大変だしな。ぼちぼちやればいいじゃないか」

「ありがとう。絶対に、ご飯に手抜きなんかしないから」

何か嫌なもやもやしたものを抱えたまま、彼は受け入れるしかなかった。

妻は仲良し奥さん達とライングループを作り、盛んにやり取りしている。主に、子ども自慢のようだが。

家事をおろそかにしたり、育児を片手間にしたりはしないが、トイレにまでスマホを持ち込んでいるのはどうかと舌打ちしたくなる。

しかし妻も一日中、狭い部屋にこもっての子育てはきついだろうとはわかる。女達のおしゃべりやちょっとしたお茶で気晴らしできればいいじゃないか、とも思い直した。

何より、息子の将来のためにがんばるというのだ。彼の安月給を責めず、それは健《けな》気《げ》だ。

自分の母も、そんなだったのだろう。それがどうしてあんな無残な最期を迎えることになったのか、どんなに考えてもわからないけれど。

そんなある日、妻がトイレにスマホを持ち込んで誰かと電話しているのを、聞くつもりもなくたまたま聞いてしまった。

　妻の口からウサギ、という言葉が何度か出ていた気がした。引っかかったが、すぐに流した。そのはずだった。平穏な平凡な日常は、何の保障も永遠性もない上にある。それは誰よりも、彼が知っていたのに。

　彼は得意客の接待に使う店を検索していて、近隣のおいしい店だの便利な施設だのを紹介する健全なサイトから、怪しげな噂ばかりがあふれるサイトにたどり着いた。

　彼の一家が住む団地が、主婦売春の巣窟《そうくつ》として紹介されているではないか。

「最大級にしてエロい安い上手《うま》い女が揃ってるのが、ウサギちゃんグループだな」

「オシッコ臭いガキより、子ども一人産んだくらいの若熟女たまらんね」

　ウサギ。その言葉がどうにも引っかかり、それこそ仕事そっちのけで検索した。この嫌な気持ちと、真実を知りたいという気分は、幼い頃にも味わった気がした。

　そしてついに、というほどでもなく、あっさり彼の住む団地の主婦売春グループに接触できた。半ば覚悟を決めていた彼は、リーダー格の女にダイレクトメールを送った。

　すぐに、団地内の部屋でことを行うという返信が来た。

「顔写真はいっさい出しません。みんな普通の奥さん達だから。おおよそのタイプ、希望をいってくだされば、それに合う女性を紹介します」

なぜ、ウサギなのかと聞いてみた。彼の地元に伝わる昔話、彼の母の無残な話とは無関係でありますようにと、本気で祈りながら。

「バニーガールがセクシーな記号なのは、ウサギってあんな可愛い見た目なのにすごい性欲旺盛《おうせい》だからなんですよ。多産だし」

きちんと用意していたような答えが返ってきたとき、

「小柄で痩《や》せ型、胸は小さめで髪が長くて、色白」

と、妻の外見を伝えた。考えてみれば、遠ざかる記憶の中の母もそんな女だった。

指定されたのは同じ団地ではあるが、棟はもっとも離れたところにあった。そこに行くまで様々なことを考え、引き返そうかと何度も迷った。

もしかしたら、いや、きっと母も、父に内緒のそういう「内職」をしていたのだ。

二人の主婦も、その仲間だった。夫がいない昼間に、順繰りにそれぞれの部屋でことを行っていたが、誰かの夫が気づいた。

客を装って、家ではなく山の中で会いたいと呼びだしてきたのだ。サルとキツネに相当する二人の主婦は、何か危機を察して最も気弱で大人しい、そう、ウサギに相当する女を行かせることにした。それが母だ。

気弱で大人しく、最も下位にいたウサギは、サルとキツネには逆らえない。鬼神が待つ山に、私に免じてサルとキツネは助けて、とお願いするために行ったのかもしれない。

山に行くとき近所の人に見られて声をかけられ、ウサギを探しに、みたいなことを答えたのは、暗に仲間の二人との暗い内職を告げていたのかもしれない。自宅に予約の電話をかけてきた男の声に聞き覚えがあり、この後の破滅を予感していたのか。

ウサギは、まさかみずから油をかぶって火をつけたとは思えないが、燃えた。だが、そのウサギだけでは飽き足らず、鬼神はサルとキツネも狙い、逃さなかった。

まさかその鬼神は、父ではなかったか。

彼は、外回りに出るといって会社を抜け出し、妻がいるはずの団地に戻ってきた。このドアの向こうに、男に金で抱かれるために待っている妻がいる。覚悟しながらも、平静でい続ける自信はなかった。

毒々しい化粧をしているか、いつものままか。顔を合わせたとき、何をいうのか、今後はどうなるのか、息子のために何もなかったことにして、このまま帰るべきか。

この葛藤《かっとう》は山の鬼神のものではなく、過去の父のものでもあったはずだ。

ここまで来て、今さら引き返せない。引き返したって、また悶々《もんもん》とするだけだ、早く知って、早く終わりにしたい。終わりとは、何を指すのかはわからないが。

インターフォンを鳴らす。どうぞ、聞き覚えのあるような、ないような女の声。力を込めて、ドアノブを握る。もちろん、鍵《かぎ》はかかってない。

ドアの向こうには、死んだ母がいた。久しぶりに、あの夢だ。きれいな死装束の着物を着た母が、後ろ向きでゆらゆらしている。

「こんな姿になっちゃったんだ。でも、お母さんだとわかる」

彼は思わず、語りかけた。初めて振り返った母は、真っ黒に焼け焦げていても悲しげな表情はわかった。ちんまりと固まって、部屋の真ん中に座った。

お母さん。つぶやいて、後ろ手でドアを閉めた。彼の名前を母が呼んだとき、ドアの向こうで業火が音を立てた。

やはりウサギはみずから炎に飛び込んだのではなく、生きたまま投げ込まれたのだ。花柄の着物を脱がし、包帯を解き、焼け焦げた母を抱いた。

もちろんそれは生きた見知らぬ女で、終わった後は何もかもが普通の主婦に戻った。

その主婦はおしゃべり好きで、旦那《だんな》の素性以外は気さくにいろいろ教えてくれた。

「互助会っていうのかな、あたしらのグループ。ほら、ただ仲間になってこの内職を始めても、一人の若い美人に客が集中しちゃうと、嫉妬《しっと》もあるし。いじめみたいになって、後々もめるでしょ」

「いじめるって、どんなふうに」

「自分のことを棚に上げて、旦那にいいつけるとか。ネットに実名を出して、売春してる主婦ですと拡散しちゃうとか。子どもを焚《た》きつけて、そのうちの子を仲間外れにするとか。そういうのを避けるために、きっちりグループを作ったの」

「それを、内職グループといってるんだ」

「そっ。あんまり客がつかないオバサンやブチャイクちゃんは、売れっ子が仕事してる間に、そこの子ども達を預かって世話をしたり、家事を手伝うの。あと、旦那へのアリバイ作りなんかも協力してあげる。ずっとうちにいました、なんて」

それは夫側からすれば、妻のみならず全員まとめて殺したくもなる。

「で、もらったお金は売れっ子も子守りも、みんな平等に分配する。そうしたら助けあえて、みんな不平等感なく納得できるもん」

完全なる平等など、ない。どんなに公平にしていても、均衡が崩れるときはある。どれほど秘密を守っても、生贄《いけにえ》にされることもある。

「だけど、グループを通さず直引き、裏っ引きする女もいるんだわ。そういうのは火あぶり。ってのは冗談だけど、ケツ持ちの怖い兄さん達が制裁を加えるね。やだ、殺すとか、そんなハードなんじゃないよ。輪姦《りんかん》して裸の写真を撮っちゃうとか、そんな感じ。えっ、それも充分にハードだって、あははっ」

彼は、妻の名前を出してこのグループにいるだろう、とはどうしても聞けなかった。たぶん妻は売れっ子で、息子は今は幼稚園だが、延長などあればこの団地のどこかのお茶っ引きの主婦に預かってもらうのだ。

もはや妻が直引き、裏っ引きをして私刑に遭わないよう祈るしかない。

不意に、自分も幼い頃に見知らぬオバサンの家に連れて行かれ、そこにいた記憶がよみがえった。あれはサルの家だったか、キツネの家だったか。

彼は今目の前にいる主婦に、自分の母であることはもちろん伏せて、地元であった未解決事件の話をしてみた。妻に似た主婦は、明るく答えた。

「その殺された奥さん、嫉妬されてたね。旦那が気づいて山に呼びだしたのを、あとの二人の奥さん達は知ってて山に行かせたんだよ。

でもまさか、殺されるとまでは思ってなかったんだね。えっ、その二人の奥さんも自殺と失踪《しっそう》かぁ。それは旦那の復讐《ふくしゅう》じゃなくて、誰に断ってこんな商売しとんじゃあ～、っていう怖い人達に目をつけられたんでしょ」

何事もなかったことにして、淡々とこの小さな地味な幸福の中にい続けよう。妻と息子と。彼は何食わぬ顔で、自宅に戻った。

夕食後、今日は満月だと息子を抱いた妻とベランダに出た。磨かれたように輝く満月には、可哀想な狂ったウサギがいる。

傍らの妻が息子の頬を愛しげに撫《な》でながら、優しく微笑んだ。

「あれ、みんなウサギっていうけど。私には女の顔に見える」

きっと父にもウサギではなく、忘れられない女の顔に見えるのだろう。

震旦《しんだん》の盗人、国王の倉に入りて財《たから》を盗み、父を殺せる語《こと》

（巻第十第三十二話）

国王の財宝を狙って父子《おやこ》が蔵に侵入した。父は蔵に入り財宝を取り出す。子は外でそれを受け取っていた。そこへ警備の者が見回りにきた。子は自分は逃げられるが父は捕まるだろうと思った。捕らえられて生き恥をさらすより、父を殺して誰であるか知られないようにしたほうがいいと考え、蔵に呼びかけて顔を出した父の首を一太刀で切り落とし、首を持って逃げ去った。

「親からもらったものだけで、チョロく世渡りできてうらやましい」

「親に感謝しなきゃね。あんたの手柄じゃないんだし」

陰口も叩《たた》かれるし、面と向かってもいわれる。だからって、親に感謝なんかするもんか。

あたしが美人に生まれたのは、その親がとんでもないから神様が可哀想になって、せめて容姿だけでもと恵んでくれたんだ。

父は会ったこともないし顔も覚えてないんで、どうでもいいけど。母はだらしなくて軽薄で尻軽《しりがる》で、何よりもちっとも美人じゃなかった。

本人は必死に若作りして美人のつもりでいたけど、まぁよくて中の下って感じ。たとえ美人でもあのバカさじゃ、ろくでもない男しか寄って来ない。

子どもを放置したり、虐待死までさせちゃう親も珍しくないことを思えば、無事にここまで育ててはくれたわけだし、なんといっても美人に産んでくれたのも母だから、そこまで悪くいうのも申し訳ないか。

でも幼い頃から、母は私の可愛らしさを上手《うま》く利用していた。物心つく頃から、母の連れてくるお父さんと呼ばされた男達は私に性的な悪さをして、母は黙認どころか男に生贄として差し出していた。

「あんた、あのお父さんが好きよね。あんたが、お父さんと風呂《ふろ》に入りたいんだよね」

ジュニアアイドルというジャンルで、生理が来る前から脱ぎ仕事をやらされていたし。完全に非合法のエロ写真モデルだって、幼稚園児の頃からやらされていた。

「女の若さと可愛さは武器で商品なの。武器は使わなくちゃ。商品は売らなきゃ」

母はあたしを十七歳で産んで、あたしもその歳になった。母は高校は中退したけど高校生気分が続いていて、加工しまくった変なコスプレ画像をＳＮＳにせっせとあげて、いろんな男を出会い系で漁《あさ》っていた。

たまに風俗でバイトもしてたようだけど、あまり長続きしなかった。ていうか、指名もつかないし。年増の上に美人でもなく、アタマおかしいもの。

母はホステスはできない。酒癖の悪さってのもあるけど、何より継続する人間関係ってのを築けないし、金は日払いでなきゃだめなのだ。

自分じゃあまり稼げないんで、あたしに援助交際、パパ活をさせてはかすめ取っていた。圧倒的にあたしの方が稼ぎがいい。母は、女として露骨に嫉妬もした。

「ママが若い頃はって、今も若いけど、あんたの百倍モテたわ」

過去の栄光なんかじゃない。そんな栄光、もともとないんだから。ただの妄想、単なる思い込み。母の妄想ワールドは、極彩色のぶっ飛んだ狂気に彩られていたりはしない。とことん安っぽくチャちい、ありふれた平坦《へいたん》な荒野だ。

産んですぐあたしを施設に預け、長らく放ったらかしだったのに。あんたの立場で子どもがいたら国からいろんな手当てがもらえると誰かに吹きこまれ、面会に来た。そのとき、あたしが美人になりそうなので即座に引き取ります、となったのだ。こりゃ国からの手当てなんかより稼げる、と踏んで。

最近の母は本当に病気なのか仮病なのか、風俗も辞めてとにかく働かずに生活保護をもらって安アパートに住んで、振り込まれたお金はコスプレの衣装だの遊び代だの、目の前の安い快楽と同じくらい安い男に突っ込まれていた。あたしも十五歳で、父親のわからない子どもを産んだ。

男の子だから稼げないと、母が施設に連れていった。それっきりだ。

可哀想だな、どうしているかな、ときおりふっと思うこともあるけど、こんな家には来ない方が幸せだろう。あたしは将来どうなっても、息子を利用しよう、息子に頼ろう、なんてことは考えない。それがせめてもの母の愛だ。

それはさておき、この辺りの夜の街をコワモテとしてシメる、というより、お調子者の便利屋として使われてるオッチャンがいた。

ボスではないけど、パシリでもない。大物じゃないけど、軽く扱ってもいけない。あたしはこのオッチャンに、いろいろ世話になっている。

地元の小金持ちから、仕事で来た他の地方の有力者、都会から来た怪しい金を持った奴ら、地方公演なんかで東京のマスコミの目が届かないところで羽目を外したがっている芸能人、そんなのが来るとなると、オッチャンは接待の女をかき集める。

オッチャンが、若い美人を集められるのは知れ渡っていた。そしてあたしは、必ずといっていいほどそこに呼ばれ、お持ち帰りされた。

もちろんお金はもらうけど、まずはオッチャンに支払われる。オッチャンが半分以上は抜いているのもわかっていたけど、文句なんかいえない。

オッチャンはもろにヤバそう、すごく怖そう、本職ヤクザか、みたいな見た目ではない。地味で冴《さ》えないどこにでもいそうな歯の抜けた小男で、しゃべり方も態度も柔らかい。でもよく見ると、目つきは怖い。

死んだ魚の目とか、剝製《はくせい》の鹿の目なんて形容があるけど、オッチャンは生きた鮫《さめ》の目をしている。餌に反応し、嚙《か》みつくものに慈悲は与えない目。

殺人で刑務所に十年以上いたとか、発覚してない事件もたくさんあるとか、黒い噂がいっぱいあった。なんかわかんないけど、逆らわない方がいい人なのは感じていた。いうこと聞いてりゃ、美味《おい》しい目にあえるのもわかっていた。

美味しい目にあい続けるには、欲張り過ぎないことだ。オッチャンに、ちょうどいいバカと見られておくことだ。ちなみのうちの母は、オッチャンにいわせると救えないし使えないバカだそうだ。

本当にバカと思われたら、いい客を回してもらえない。賢いのではなく悪巧みをする女、悪賢い子と見られたら、この夜の街にいられなくなる。

オッチャンと揉《も》めて消えた女達も、本当にいる。それも、一人二人ではない。もちろん、女達のその後についてオッチャンに聞くなんて真似はしない。

「自分を好きすぎるか、自分を嫌いすぎる女はダメだ。そういう女は、自分と向き合わなくていいほどの遠くに行ってもらう」

その日あたしは、金にはならないけど一緒にいるとまあまあ楽しいし、連れて歩くにもいい男とうだうだ過ごしていた。

本職はホスト。十人くらいの小さな店で、だいたいいつも順位は真ん中あたり。欲はあるのにそれに見合うやる気がなくて、見た目だけならトップクラスなのに、細い客しかつかない。オッチャンふうにいえば、使い勝手のいいんだか悪いんだかわからないバカだ。

あたしはホストに貢いではいない。そもそもあたしはまだ、高校生の年頃なのだ。最初っから、高校なんか行く気はなかったけど。

店に行って酒を飲んだことが公になれば、店側が追いこまれる。彼もあたしからは取りたてられない。だから警察や他人の目が届かない彼の部屋やうちで、お金をかけずぐだぐだ会っている。

彼に限らず、あたしが男に金を使うなんてあり得ない。あたしは男から脅し取る強盗はしないし、こっそり抜く万引きもしない。あえていえば、寸借詐欺だ。適当なことをいって、その場でだまして、にこにこしながらまき上げる。

同い年の子で、ホストのために歳をごまかして風俗を掛け持ちしているのが何人もいるけど、純情だなぁとうらやましくなる。

あの娘《こ》達を、バカだなぁと軽蔑《けいべつ》なんかしない。何かに一生懸命ってだけで、尊敬してしまう。あたしには、ないものだから。

ホストがだらだら出勤していった後、彼の部屋で私もだらだらしていたら、オッチャンからなるべく早く来いとラインが入った。

「こいつが飲みに来るから。大チャンスだぞ」

送られてきた画像は実際に撮ったものではなく、ネットで拾ったものだった。けっこう有名なイケメン歌手。たぶんあたしより、一回り以上いってる。

大チャンスとはもちろん、私が歌手のファンだから一緒に飲める、といった可愛らしいものではない。歌手にとっては大ピンチになることだった。

実際に会ってみた歌手は気の毒になるほどいい人で、ひどい目に遭わせなきゃいられなくなるほど、あらゆることに恵まれた人だった。

「えっ、二十歳か。いいねいいね、じゃあ一緒に飲めるね」

「お酒、覚えたばかりだからぁ〜、すぐに酔っちゃうの」

オッチャンみたいな半分が獣で半身が煉獄《れんごく》にいるような奴とは本来、出会うことのない人種なのだ。もちろん、あたしなんかとも。

なんなくあたしを気にいり、あっけなくあたしを誘い、まんまとオッチャンの罠《わな》にはまった。歌手が泊まっているホテルに連れて行かれ、ベッドで共演ならぬ饗宴《きょうえん》だ。

好き。愛してる。

そこで囁《ささや》く言葉は、真実でも嘘でもない。ここでは、寸借詐欺ですらない。夢だ。好きになれたらいいのに。愛してあげられたらいいのに。

歌手とはラインの交換をした。タクシー代には多すぎるお金ももらって、その日のうちに帰された。一晩の恋人だの一夜妻だの、それもない。ただの風俗嬢だろう。私が悩むことではない。いずれにしても、オッチャンの罠にかかって餌を食べてしまった歌手にラインを送ったら、絵文字だらけの返信がきた。

「たのしかった。おいしかった。てへ」

能天気なような、警戒しているような、微妙な感じ。

ホストにもラインした。あの歌手とやったよ。ホストは怒りも嫉妬《しっと》もしなかった。

「俺、あの歌手と兄弟になったのか。お前だって、あの美人女優と姉妹だな」

歌手はちょっと前まで、人気女優と交際していると騒がれていたっけ。でも、同じ人とやったからって兄弟姉妹、同等みたいないい方はどうか。

大事にお屋敷で飼われている高級な血統書付きの犬と、気まぐれで一度だけ餌を放ってもらえた雑種の野良犬は違うだろう。野良犬が仲間だろうと血統書付きにイキッても、血統書付きの方は野良犬を同じ生き物とは思わないだろう。

その夜が明けないうちに、いろいろと動いた。悪い思惑も、下種《げす》な垂れ込みも、卑しい算段も。すべてはオッチャンの予定通りに。

数日後、有名な写真週刊誌に記事は出た。人気歌手の彼が十七歳の女子高生に酒を飲ませ、無理矢理に淫行《いんこう》に及んだと。

オッチャンは、久々の太い金づるに大はしゃぎだった。

うちの母とオッチャンは、一応はつながっている。でもオッチャンは母を、あれこれ口出ししてゴネては分け前を多く取ろうとする強欲な女として鬱陶《うっとう》しがっている。

「ただのバカであってくれたら、まだ可愛げがあるのに。強欲なバカだからなぁ」

母もオッチャンを、もっと娘を使って儲《もう》けさせてくれる男が現れたら乗り換えて、とっとと縁を切りたいといつも顔をしかめて見ている。

あたしから見ればどっちもどっち、ハイエナとハゲタカってやつだ。突つかれる歌手が、本気で可哀想だった。そうはいっても、私もむさぼるために涎《よだれ》を垂らしているのだけど。

ともあれ、人気歌手の彼の淫行は各局の芸能ニュースで派手に扱われた。私はオッチャンと母の指示で、用意されたビジネスホテルの一室にこもった。

未成年だし一般人だしで、マスコミ関係者に直接追い回されることはなかったけど、友達だけじゃなくいろんな知り合いや見知らぬ人からライン、メール、電話は途切れなかった。もちろん、どれにも出なかった。

あっという間にあたしのツイッターは特定されて炎上してたし、もう顔写真と実名までネットに出回っている。実は女子高生じゃないとも。

あの人気歌手とこれからやるよ、みたいな私のラインのスクショも出回っている。これはホストが流していた。あいつ、便乗しての小遣い稼ぎを狙ったのだ。いろんな週刊誌に、あたしの顔写真も送りつけていた。

さすがにあたしも怖いし不安だし、何よりもこの騒動をきっかけにかなり歌手に恋心みたいなものを抱いていたので、この件はこのまま終了してほしいと願った。

だから歌手にラインをブロックされ、退室されたのはけっこうこたえた。

反芻《はんすう》してみれば、今までの男達とはやっぱり別物だった。歌手の特別感もだけど、こういう人にも選ばれる、たとえ気まぐれで一度だけ餌を放ってもらえた立場でも、あたしも特別じゃないか、みたいな夢に浸れた。

もしかしたら歌手と同等になれる、とまでは思わないけど、歌手のいる世界に踏み込めるかもしれない。そっち側の人になれるかもしれない。

あたしは初めて、今いる世界から抜け出したいと強く願った。

まず邪魔なのは、ホストでもオッチャンでもなく、母だった。

ホストやオッチャンは他人で、切ることはできる。母はずっとつきまとってくる。あんな母がいたら、絶対にあちらの世界には入れてもらえない。

母としても、娘に疎まれ軽蔑されて生きながらえるより、甘い夢を見ながら死んだ方が絶対に幸せだ。死んだらご祝儀で、美人だったといってもらえるかもしれないよ。

今、母はオッチャンに歌手から一千万は取れるかと相談しているらしい。

決めたら、あたしの行動は早かった。まずはホストに、

「酒とアレ持って家に来て」

と頼んだ。おこぼれにあずかれるとニタついているホストは、すぐ持ってやってきた。

もともと母は、ひどい中毒にならない程度に薬物はいろいろやっていた。合法も非合法も、その中間のすれすれのも。覚醒剤《かくせいざい》の隠し場所は、知っている。

「一億くらい取れるかもよ、ママさん。そしたら整形、は必要ないよな、こんなに若い美人だから。高いエステに行って高い服買ってうまい酒飲んで、南の島でバカンスだよ。若いイケメンにナンパされまくるよ」

母を有頂天にさせ、がんがん酒と薬をやらせた。さすがホストのテクニックで、どちらも飲ませまくった。

その間、母のスマホから私のスマホに、遺書めいたラインを打って送っておいた。

うちは、アパートの六階だ。人や落ちる場所、いろいろな条件によって違うのだろうが、一般的に七階が分岐点だと聞いた。七階から落ちたら確実に死ぬと。六階はぎりぎり、助かる可能性もあるらしい。誰に聞いたんだったか。

もう一つ、誰かに聞いた。なぜか怪奇現象は、六階から八階あたりに頻発すると。そのくらいの位置が、あの世と呼ばれる場所と接近しているらしい。

だけど他人が住む六階に、母を引きずってはいけない。共用の廊下や階段、エレベーターには防犯カメラもある。

とはいえ、建物の周りで防犯カメラがない場所はちゃんと知っていた。

ぐでぐでに酔って正体をなくしている母を、ホストにかつぎあげさせた。そしてカメラの死角になる、寝室の窓から落とすことを命じた。

「確実に五百万は渡すから」

「俺、人殺したことはないんだよ」

「その手前っていうか、近いことはやったくせに」

「……はぁ〜、それをいうか」

さすがにホストもためらったし怖がったけど、五百万に加えてあたしは彼の弱みも握っていた。この弱みは、なかなかのもんだった。

以前にも彼は悪い先輩に頼まれ、喧嘩《けんか》で死なせてしまった相手の死体処理を手伝っているのだ。

まだ死体は出てきてないし、死体の兄弟分が今も血眼になって関わった奴らを捜している。あたしは、だいたいの埋めた場所も知っている。

ホストはそいつらに共犯者として突き出される方が、うちの母を落とすことよりはるかに怖いはずだ。母を落としたって、誰にも責められない。追いこまれない。

「あんたは落とすだけ。殺すんじゃない」

そう説得した。あたしをこの悪い女から解放して、と泣き落としにも出た。

すでに母は昏睡《こんすい》状態で、死者の顔をしていた。バイバイ、ママ。幸せの絶頂で死ねるんだから、天国に直行してよ。もしかしたら落ちても助かるかもしれない六階、っていう保険もかけてんだから。

びっくりするくらい、ドーンという音が響いて地鳴りがした。見下ろしたら、どういう落ち方をしたのか母はすべての関節が逆に曲がっていた。やっぱ運が悪いね、六階だったのに即死。

ホストはへたりこみ、吐いた。だからあたしが、警察と救急車を呼んだ。

あっさりと、母は自殺で片付いた。三人で飲んでいたとき、いきなり飛び降りた、と。気がついたら遺書も送信されてました、と。

「あたしのことで、ものすごく悩んでいました」

警察にも週刊誌とスマホを見せ、嘘泣きで通した。未成年飲酒だけ、怒られた。

あたしに母を殺す理由はない。遺書もあり、元から薬好き、アル中に近い酒好き、警察だって暇じゃない。面倒な遺族もいない。

週刊誌、ニュースなどでも「あの人気歌手のお相手の母親が自殺」という報道がされたし、ネットでは娘が怪しいなんて噂も流れたけど、同情の声もあがった。

オッチャンには、本当に自殺だといった。たぶん、いや、はっきり怪しんでいた。

「死ぬようなタマかね、あいつが」

とはいえ、あたしを警察に売ったってオッチャンには何一ついいことはない。むしろ母がいない方が金はかからないし、あたしをもっと自由に扱える。得なことばかりだ。

「まぁ、これでお前もいろいろ楽にはなるよな」

オッチャンも、金の取り分で揉《も》めた、もしくはホストがあたしをそそのかした、くらいに思っていて、あたしがいずれ歌手の世界に行こうと夢見ているなんてことまでは、思いいたらなかったようだ。

オッチャン、自惚《うぬぼ》れてるほど賢くはないんだよ。策士、黒幕、ってこともない。寸借詐欺のベテランってだけ。

母は葬式もなく焼き場に直行、墓も戒名もなく、遺骨はリビングの隅だ。頭から落ちて首が曲がってしまっていた母も、焼かれてきれいな骨になった。

母の幽霊らしきものが出たが、手足が逆に曲がったままだった。首も歪《ゆが》んでいた。恨み事はいわなかったけど、ママの方があんたより可愛いのに、みたいなことをつぶやいた。死んでもバカだ。

「あ〜、本当に六、七階あたりって、あちらに近いのね」

と鼻で笑ってやった。面倒なのは生きた人間だ。ホストが、

「分け前をもう少し」

なんて、ゴネてきた。母の死の状況をちらつかせながら。自分だって足元が危ういの、わかってない。無邪気なほどに、自分から死に近づいて来た。

オッチャンに相談した。母の死を指示した、頼んだとはいわず、

『お母ちゃんが飲んでた薬物は、おまえが楽しんでた違法のものだというのを世間に公表したらまずいだろ』、みたいな脅され方をしているの、あのホストに」

あいつ、オッチャンとあたしのつながりも売る気よ、と付け加えておくのも忘れない。

ホストが前から惚れていたキャバ嬢が、ホストをマリンスポーツに誘った。そして彼は酒と薬をやって波に飲まれ、溺《おぼ》れ死んだ。

目撃者のいない岩場で、事故で片付いた。まる一日死体があがらなかったんで、自慢のスリムな体は膨れ上がっていたらしい。

これまた、キャバ嬢には彼を殺す理由など一つもなかった。オッチャンにもらった薬を、ただホストに飲ませただけだ。キャバ嬢は、オッチャンの手軽な持ち駒の一つ

だった。あたしはオッチャンの一番大きな重い持ち駒だから、オッチャンは死守してくれる。

ホストの幽霊は、出なかった。出てたけど、気がつかなかっただけかもしれない。それからあたしは、歌手から引っ張ったお金もだけど、ほとぼりが覚めた頃にまたいろいろオッチャン絡みで男をだまして金を引っ張った。

ただ、今までのように夜遊びや刹那《せつな》の浪費に使わず、定時制高校から通信制の大学に進み、料理教室やパソコンスクールなどにも通った。

極力、悪い友達とは距離を置き、普通の家の子や良家の子女との交友関係を広めていった。そこでつながると、もっと上の階級の人達ともつながれた。

あの歌手は長い謹慎を経て、ようやく復帰していた。彼のSNSなども見ているだけで、決して近づかなかった。今のあたしでは、まだまだってわかってたから。

オッチャンとも、徐々に離れていった。いきなり切ると面倒なことになるから、少しずつ少しずつ。あたしを適度なバカと見ているから、オッチャンも油断する。

私の変化にオッチャンは、母の死で思うところがあったのだろう、みたいな解釈はしていたけれど、真意にはまったく気づいてなかった。あたしはあちら側と距離を置いただけで、縁を切ったわけじゃない。

なんといっても、あたしも二十歳を過ぎた。実は未成年だった、という脅し方はできなくなり、利用価値が半減どころではなくなったわけだ。オッチャンは、代わりの未成年女子を探していた。

オッチャンとは別の悪いオヤジにシメられているグループに入ったばかりの、かなりの悪さをしている子がいて、彼女は十七歳だった。

ナンパしてきた男とホテルに行っては酒に薬を混ぜて寝入らせ、財布や時計を盗《と》る。いわゆる昏睡強盗の常習犯だった。どういう伝手《つて》があるのか、睡眠薬をいろいろ持っているのだ。カラフルなカプセルの詰まったポーチを、見せてくれた。

「市販の風邪薬のカプセルから中身を抜いて、独自に調合した睡眠薬を仕込んでるの」

なんて、自慢する。薬剤師のお得意さんもいるからね、と舌を出した。

オッチャンには、とにかくお金が欲しい可愛い十七歳がいるといい、彼女にはすごくちょろくて大金持ってるオッチャンがいるといい、二人をホテルに行かせた。

その前に彼女と二人で会って、言葉巧みに睡眠薬を見せてといい、ポーチを開けさせた。ちょっとした隙に彼女のカプセルを抜き、持参してきた私のカプセルを混ぜた。

彼女の愛用する風邪薬のカプセルを用意し、そこから中身を抜いて、代わりに致死量に近い覚醒剤《かくせいざい》を詰めてある。母の遺品のね。見た目じゃ、まったくわからない。

そして彼女はいつも通りに薬を飲ませて昏睡させてお金を盗って逃げた……のだが。

ホテルで不審死を遂げたオッチャンのニュースは、一緒に入って姿をくらませた女の防犯カメラの映像とセットで、いっせいに流れた。

そのときはまだ、彼女が未成年だとは判明していなかった。それでもたちまちネットで特定され、噴きあがった。

「俺もあの女にやられた。あいつ、常習犯だ」

との書き込みが相次いだ。そして追い詰められた彼女は、あたしを疑う余裕もないままに繁華街のビルから飛び降りた。

生と死の分岐点である、七階から。母と違って頭だけが砕けていて、あとはきれいなままだったそうだ。

「若いから柔軟なのね」

と、傍らにちょうど出てきた母の幽霊にいったら、不機嫌な顔をして消えた。

被疑者死亡。未成年。翌日には、それがニュースにつけたされたが、オッチャンの名前は伏せられたので、

「あの死んだ男って昔、歌手の彼を脅した奴だ」

といったオッチャン周辺の奴からのたれ込みというか書き込みもあったけど、真偽のほどは不明ということでうやむやになった。

そうしてあたしは中堅のテレビ制作会社にきちんと就職し、段階を踏んでゆっくり

と歌手の彼に近づいていった。

お金に困っていた親戚《しんせき》と書類上だけ養子縁組し、改姓もした。

制作会社社員としてテレビ局に出入りするようになり、音楽番組のスタッフに加わり、出演者としてやってきた歌手に何食わぬ顔で、しかしにこやかに礼儀正しく挨拶《あいさつ》し、真面目で熱心な仕事ぶりを見せつけた。

もともとあたしみたいなのがタイプだったわけだから、すぐ覚えてもらえた。あくまでも最初は仕事関係、スタッフとしてだったけど。

あたしも、歌手への接近は後回しにした。歌手を地道に堅実にカムバックさせ、以前の輝きと人気を取り戻させた敏腕と評判の中年女性マネージャーにまずは接近した。

「母を早くに亡くしているので、お母さんみたいな温かくてしっかりした人についつい頼ってしまいたくなるんです。

娘がいうのもなんですが、母もマネージャーさんみたいな美人でした。母が元気なら、今はこんな素敵な感じになっていたんだろうなぁ、と少し悲しくもなります」

まさに母性本能にも訴えかけ、可愛い娘みたいな振る舞いで気に入られ、お世辞も混ぜて女心もつかみ、二人きりで食事に行くほどにもなれた。

このマネージャーは、若い頃は文化人やスポーツ選手の担当が主で、例のスキャンダルが騒がれていた頃は、歌手とは無関係の立場にいた。

「彼のことはもともと興味もなかったし、軽そうであまり好感も持ってなかったわ。ましてやあんなスキャンダルでしょ。軽蔑《けいべつ》したわ。まさか担当になるとは思わなかった。でも担当になってみたら、彼はとっても純ないい人でね、ああ、これは悪い女とその後ろにいる悪い奴らにハメられたんだな、とわかったわ。彼、ハメた女の子の悪口もまったくいわないわよ。あの子も可哀想だ、って」

マネージャーは今目の前にいる女が、あのときの相手だとは夢にも思わなかった。一夜限りの相手だったから、その女のスキャンダル後の動向にもたいして興味を持たず調べていなかった。

「あ、そんなことありましたね。でも、あまり覚えてないんです。私も正直にいいますが、お会いするまで歌手の彼にあんまり興味なくて。今は、とっても誠実な優しい人だなと尊敬してますし、初めて歌をちゃんと聴いて感動して、ファンにもなりましたけど」

歌手をハメたことはもちろんだけど、歌手を目当てにここまでやってきたことも、そのためにマネージャーに近づいたことも、ぎりぎりまで隠し通した。

マネージャーにすっかり娘のように可愛がられるようになり、歌手を呼んで三人で食事をした。そのときも、歌手があたしに強く好意を抱いているのはわかったけど気づかないふりで、ひたすらマネージャーになついている様子を見せた。

マネージャーがトイレに立ったとき、歌手は体を寄せてきた。

「あのマネージャーが若い女の子を気に入るの、珍しいんだよ。同性から見ても君は魅力的で、年配の人からもしっかりしていると評価されるんだね。あの、次は二人きりで会えないかな」

歌手がトイレに立ったとき、マネージャーも顔を近づけてきた。

「冗談じゃなく、歌手と真剣に交際してみる気はないかしら。彼、真面目にあなたを好きなのよ。私もあなたなら大賛成だわ。以前みたいに、変な悪い虫が寄って来ないようにガードもしてほしいわ」

変な虫に向かって、マネージャーは拝む真似までした。

マネージャー公認でもあると彼に知らせるため、マネージャーの家族が経営するレストランで初めて二人きりで食事をし、その夜のうちに結ばれた。

歌手はあたしと初めての夜、と思っていたけど、二度目なのだ。

その夜明けに、あのときの女の子だと打ち明けた。いつまでもだまし続けられ、隠し通せるものではない。

「あたしは、あなたに真剣だった。あたしは、だますつもりなんかなかった。悪い大人達に、あたしもだまされてた。だから、こんなにがんばって再び会いに来たの」

といったら、少し泣かれた。悪事、陰謀、すべてがひっくり返り、愛の物語になった。

「会ったときから、あの子かな、って気はしていた」

歌手は、悲しげにつぶやいたけれど。

「あのときから、変わらず好きだ」

といってくれた。背後でくすっと笑ったのは、母だったのか。

思いがけない強敵は、彼の母だった。かつていったん芸能生活を終わらせ、歌手生命を断とうとした女をどのマネージャーやスタッフよりも徹底的に調べ上げていた。

息子が結婚したいと連れてきたあたしに何かしらぴんときて、過去もいろいろ調べ上げていた。本人ですら忘れていたようなことも含め、驚くほどこまかく正確に。

さすがに、母の死やオッチャンの死までは確実な真相究明はなされていなかったけれど。疑っているのは、確かだった。

「ちょっと、変なたとえ話をするわ。昔、私は蔵に宝物をしまっていたの」

初めて彼の自宅で二人きりになったとき、歌手によく似た美しい母親は静かに語りかけてきた。うっすら、笑ってもいた。

「その蔵に忍び込んだ、泥棒の一味がいたのね。泥棒達は宝物を奪っただけでなく、さんざん傷をつけて価値を落としたわ。でも私には変わらず大事な宝物だったから、取り返して修復もした」

泥棒一味。首謀者、親分は誰なんだろう。やっぱりオッチャンかな。私は手先に過ぎなかった。ホストなんか、手先のパシリにされちゃって。分け前で揉《も》めたというより、パシリのくせに親分だったと勘違いしたからあんなことになったんだ。

「捕まりそうになった泥棒は、無慈悲に親や親分や仲間を殺したり売ったりして、自分だけまんまと逃げおおせた」

宝物は、いったんお返ししましたが。とは、答えずにいた。

「また宝物を狙いに、でも今度はこっそり忍び込むんじゃなく、堂々と正面から扉を開けろと蔵の主人に頼みに、いえ、命じに来たのね」

昼は笑っていても、目は射すくめてくる。あたしはあわてなかった。手ごわく賢い相手には、素直で単純なバカになるしかない。

「なんだか、すごいたとえ話ですね」

「でも、隠す必要はないのよ。息子も承知の上でしょうし」

そう微笑まれた。別の宝物ともいえるものが、あたしのおなかに宿っていたからだ。

「ええ。昔のことは昔のこと。お義母様《かあ》、未来の話をしましょう」

歌手の電撃結婚は、大ニュースとなった。ワイドショーだけでなく、普通のニュース番組の冒頭でも取り上げられ、翌週の週刊誌の表紙は軒並み歌手が飾った。

例のスキャンダルも蒸し返されたが、再度のバッシングとはならず、それを乗り越えた、というニュアンスにされていた。彼がその後は品行方正であったことと、相手も悪かったとかなり拡散されていたからだ。

まさかその淫行《いんこう》の相手と結婚だとは、どこにも一行も触れられていなかった。あたしの昔の悪い仲間達も、まさか歌手の結婚相手があたしだとは思っていない。

あいつらのいる世界と今あたしがいる世界は、重なっているようで重なっていない。六階と七階のようなものだ。たった一階の差でも生死を分けることがあり、七階から絶対に下りない人もいれば、滅多に七階に上がらない人もいる。

あたしはいっさい表には出なかった、というか、出られなかった、というべきだが。インタビューなどには、決して応じなかった。一緒にいるところを隠し撮りもされたけれど、例の敏腕マネージャーが厳重に抗議し、圧力をかけ、掲載を阻止した。

「あたしは本当にマネージャーさんのことも好きになったから、彼は抜きにしても近づきたかったの。本当のお母さんみたいだと、初めて見たときから思ってたんです」

マネージャーにもついに打ち明けてしまったけど、すっかりあたしに情が移って本当に母親代わりになってくれていたので、

「よくここまでがんばったわね」

と抱きしめて涙ぐんでくれた。何事も、結果がすべて。あたしはマネージャーをだましてなんかいない。だます気もなかった、ということにしてしまえる。

雑誌やニュースで紹介されたあたしの素性、人となりなどは、すべてマネージャーが提供した情報に基づくもので、きっちりマネージャーの検閲や校正が入れられた。

「親を早くに亡くしたけれど、苦学して憧《あこが》れの職に就き、有能と認められている。歌手に一目惚《ひとめぼ》れされてからは真面目なお付き合いをしてきた、評判の美人でもあるお嬢さん」

で統一されたあたしは、自分から決して顔出しや自慢するSNSもやらず、ひたすら夫に尽くす謙虚で控えめな女として多くの好感を得られた。

歌手の熱烈ファンの女達も、あんな素敵な奥さんならいいか、となり、アンチだった人達までが、ちょっと見直した、などとファンになってくれたりもした。

彼そっくりの息子を出産したあたしはやっぱり素性を隠したまま、だけどちらちらと小出しにSNSを始めた。

これ見よがしのブランド品、芸能人有名人との交流、豪華な旅行やレストランなどはたまにちらっと披露するだけで、あとは息子との公園での日向《ひなた》ぼっこ、夫が作ってくれた本棚に飾る手作りのぬいぐるみ、といったほのぼのした画像ばかりを載せた。

堅実で素敵。きれいなママで奥様。あたしはすっかり、世の女性の憧れとなった。

最大の敵になったかもしれない怖くてきつい姑《しゅうとめ》も、息子そっくりの孫にはただの甘いお祖母《ばあ》ちゃんでしかない。

「私の蔵に、宝物がまた一つ増えたわ」

なんて、あたしに向かって平然という。さすがに、泥棒が宝物を持ってきてくれた、といった皮肉や変なたとえ話はしない。

新居が偶然にも七階なので、たまに母やオッチャン、ホストに昏睡《こんすい》強盗の子まで出てくる。でも、あまり気にしない。

そういうのに鈍い夫は、何も感じてない。良き夫、良き父、そして人気歌手。あたしは盗んだ宝物を、さらに磨き上げて価値を高めていく。

ただ、息子は他の人の幽霊には怯《おび》えるのに、母にだけはにこにこしている。お祖母ちゃんと呼ばせてあげたかったな。ちょっと、哀しくなる。ちょっとだけ。

陸奥前司《むつのぜんじ》　橘則光《たちばなののりみつ》、人を切り殺し語《こと》

（巻第二十三第十五話）

昔、陸奥の前司橘則光という人がいた。武人の家柄ではなかったが、見た目、世の聞こえがよく、人から一目置かれていた。若い時分のある晩、女の許《もと》へ通う途中に、たまたま人と争うことになり、図らずも三人を殺してしまう。人を殺《あや》めたことがばれるかと思うと、まんじりともできず一夜を明かしたが、現場では見知らぬ男が、自分が賊を退治したと名乗り出ていた。

稼ぎのある妻に食べさせてもらっている夫を、髪結いの亭主という。それでいうと、彼は当てはまらない。彼だってそれなりの収入はある。

というより、実際は妻より高収入なのだ。この南国のプール付き高級コンドミニアムの家賃は会社負担だが、生活費はほぼ彼が出している。

それでも髪結いの亭主呼ばわりされるのは、彼が有名企業のエリート駐在員であるものの、妻はかつて一世《いっせい》を風靡《ふうび》した人気モデルだったからだ。有名ファッション誌の表紙を軒並み飾り、世界的に知られた化粧品会社のCMにも出ていた。

結婚して夫とこの南国に移り住み、モデルはほぼ引退状態にあっても、華麗な駐在員ライフを披露《ひろう》する人気ブロガーとして本も出し、SNSのフォロワーは何万人といる。

また帰国子女なので英語が堪能《たんのう》、エッセイ集が権威ある賞の候補になったこともあり、有名大学を出た才色兼備とされている。

それはその通りなのだが、英語圏の国に住めばある程度はしゃべれるようにはなるし、大学は帰国子女枠で入ったため、学力はみんなが期待するほどには高くない。

エッセイはほぼ編集者とゴーストライターが仕上げたものであり、人気のブログも所属事務所が雇ったプロが作りこんでいる。

妻の手料理とされるものは料理人が作っているし、おしゃれな普段着もお気に入りのパーティードレスもショップが貸してくれたかスタイリストが用意したものだ。

自宅を写した日常の一コマに見える写真も実はカメラマンが撮っているし、休日で髪ぼさぼさ、すっぴんです、という姿も、専属の美容師がそう見えながらもやっぱりきれい、といわれるよう丹念なヘアメイクの技を駆使している。

異国であれ、彼らの生きる日本人コミュニティでは妻の名前と顔の方が有名であり、となると彼は髪結いの亭主となる。彼はそれを、まったく不満には思っていない。

妻の名前や経歴を知らない現地の人間にとっては、彼の方が社会的地位のある金持ちの旦那《だんな》さんで、丁重に扱ってもらえるからだ。

会社のイベントにゲストで来た妻に夢中になり、必死に接近して求婚したのは彼なのだし、今もって美しさを保ち続けている妻は世にいうトロフィーワイフなだけでなく、実際に良き妻であるのも間違いない。

お手伝いさんがいるからあまり家事はしないが、だらしなさや浪費癖もない。いまだにいい寄る男は途切れないのに、旦那さん一筋ですと公言し、ブログでも可愛らしくのろけている。あの有名な才色兼備に愛される男として、彼の株も上がる。

妻ののろけは、世間に向けた演技や仮面ではない。あなたがいなきゃ生きていられないわと普段も甘えてくるし、会社の人達の前ではひたすらに夫を立ててくれる。

そんな彼は愛妻家とはいえ、他の女に目もくれないわけではない。日本にいるときもちょいちょいつまみ食いはしていたし、実は今も囲っているというほどではないが、ひそかに通っている現地の女がいた。

この国はアジア圏だから漆黒の肌の人はいないが、全般的に日本人より色は濃く、香《こう》しいカフェオレの色と匂いがする愛人は飲み飽きない。

愛人は繁華街の日本人向けバーでホステスをしていて、ホステス仲間の何人かで近くのアパートを借りて住んでいた。そこはちょっと行きにくいので逢瀬《おうせ》には近くのホテルを使っている。たまに愛人の実家にも行った。

愛人の実家はかなりの田舎にあり、そこに暮らす家族は娘が何を職業にしているか、彼がどのような立場の人であるか、すべて知っていて屈託なく受け入れてくれる。責任とって結婚しろ、なんていわない。しばらくは面倒を見てくれ、それだけだ。

彼の住む街の中心地から愛人の田舎までは簡単にタクシーで行けるが、帰りのタクシーに困る。流しのタクシーなどまず捕まらないから、電話で呼ばなければならない。

彼の会社は現地でも有名だし、どこで日本人の誰かとつながり、日本人コミュニティにどんな噂が広まるかわからない。そもそも愛人の店は、日本人駐在員客ばかりなのだし。

だから愛人の実家に行くときは、自分で原付バイクを運転して愛人を後ろに乗せていく。

地味な格好をさせ、マスクとヘルメットで顔を隠せばバレはしない。そして愛人の狭い部屋で逢瀬を楽しんだら、また愛人を後ろに乗せて繁華街に戻る。

ここの日本人コミュニティとは関係ない、学生時代の別業種の友達や地元の中小企業に勤める幼なじみなどには、おもしろおかしく愛人の話をしている。

中学を出てから水商売に入り、ずっと愛人稼業をしている女で、母も祖母も姉妹も同業。父も含めて親族の男はみんな無職でヒモ。

「あんな奥さんがいるのに、そんな愛人か」

彼らはみんな、そんなふうにいうが、あんな奥さんだからこそ、そんな愛人なのだ。愛する完璧《かんぺき》な妻と誰もがうらやむ家庭があるから、何ランクも落ちるどころか、最初から比べ物にはならない野卑な現地妻が必要であり、刹那《せつな》的な喜びがあるのだ。

「お前らだって、帰れる自宅と大事な仕事があるから趣味も旅行も楽しいんだろ。住所不定の無職なら旅は厳しい放浪だし、趣味は虚《むな》しい時間の浪費でしかない。俺も悪妻がいたら、愛人に過剰にのめり込むか、逆に愛人を作る気力もなくなってるね」

その日、愛人は田舎に戻ったまま実家に泊まることになっていた。

明日《あした》は村の親戚《しんせき》のなんとかの祝いがあるそうで、だから彼は事を済ませた後、一人で街へ帰ることになった。

どんな僻地《へきち》でも外灯があり道が舗装されている日本とは違い、この辺りは真の闇が広がっており、木と土の匂いが濃い。ときおり光るのはヘッドライトではなく、野獣の眼だ。

慣れてはいるが砂埃《すなぼこり》の舞う悪路を走っていると、不意に正面からバイクが来た。現地の若い男がヘルメットもかぶらず、二人乗りしている。

ぎりぎり、バイク二台がすれ違えるほどの道だ。すれ違うかと思ったら急に速度を落とし、彼の真正面に来た。彼も急ブレーキを踏む。

後ろに乗っていた男が、飛び降りた。乗ったままの男が、彼の脇にバイクを停める。二人の男の不穏な表情と態度は、月光の下でもあらわだった。

降りた方は右手に、長い棒を持っている。木ではなく鉄パイプだ。左手はズボンのポケットだ。そこに刃物もあるのか。

「金と電話とバイクを寄越せ」

といわれたのは、わかった。ほぼ躊躇《ためら》いなく、彼はその男に体当たりするように勢いよくアクセルを回し、バイクで突っ込んでいた。

向こうとしても、反撃は予期していなかったのだろう。いきなり正面から轢《ひ》かれ、男は抵抗する間も逃げる間もなかった。

ほぼ全身をバイクで踏まれ、顔と頭を轢かれた男は地面に倒れて痙攣《けいれん》し、うめいた。その男のではなく、彼自身の血が恐怖と興奮で煮えたった。その中にはもちろん、どす黒い怒りもあった。

今さら後には引けないと、彼はいったんまっすぐ進み、Uターンさせるとふたたび勢いよく男に突進した。獣を狩る気分だった。躊躇えば、こっちが殺《や》られる。

彼のタイヤの下で、骨が折れる音と肉が潰《つぶ》れる感触があった。獣の咆哮《ほうこう》があがる。獣の臭いが立ちのぼる。

唖然《あぜん》としてバイクにまたがったままだった男が、夜目にも獣から鬼になったのがわかる形相で飛び降りた。目が光っている、本当に。

そいつは倒れた仲間から、鉄パイプを取り上げた。吠《ほ》えながら、振りかざしてくる。とっさに彼はバイクを降りて車体の横に身を屈《かが》めると、二番目の男は勢い余ってつんのめり、バイクを越えて転がった。

彼は鉄パイプを拾うと、夢中で二番目の男の頭に何度も振り下ろした。バイクで轢いたのとは少し違う、頭の砕ける音と感触があった。男は、ほとんど声も上げなかった。

バイクに飛び乗り、急発進だ。一度も振り返らず、猛烈な勢いで逃げた。服に血がついているだろうか、肉片や脳漿《のうしょう》がこびりついているだろうか。不安になったとき、叩《たた》きつけるようなスコールがきた。

道の脇の椰子《やし》の木の群れが、人のように悶《もだ》えた。たちまち道はぬかるみ、泥のしぶきを上げる。細い月は黒雲に隠され、引っ掻《か》き傷のような稲妻が光った。

天の助けだ。彼も咆哮した。奴らの指紋や血なども、みな洗い流されていく。現場の道も足跡やタイヤ痕《こん》は消え、証拠は跡形もなく流れていく。

南国の驟雨《しゅうう》に打たれ、何もかも洗われながらひたすら街まで走っていると、今までのことがすべて夢だったようにも思えてきた。

追いかけてくる奴らの仲間も、警察車両もない。このまま地の果てまで逃げたいが、帰りつくのは妻のいる家だ。早く早く、妻に会いたい。

　雨で頭を冷やす。あの男達と彼の間には、何の接点もない。目撃者がいたかどうかだが、あの暗闇では顔まではわからないだろう。彼はヘルメットをかぶったままだったし、バイクも多くの現地人が乗っている日本製のありふれたものだ。

　無論、あんなところに防犯カメラなどあるわけがない。大丈夫だ、逃げきれる。

　家は、平穏に静まり返っていた。妻には出ていく前に、会合と会食が長引くから先に休むようにいっておいた。寝室の灯《あかり》は消えているようだ。

　一瞬だが、殺人犯として捕まってすべて失うくらいなら、今ここで妻と無理心中しようかとの考えも過《よ》ぎった。服から滴り落ちる雨が、血のように感じられた。

　念のため服は切り刻んでゴミ袋に入れ、熱いシャワーを浴び、乾いた清潔な寝間着に着替え、リビングでウィスキーをストレートで流し込んだ。

　少しも酔えないでいるところに、電話が鳴った。愛人からだ。あなた、やったね。一瞬、そういわれるのを覚悟した。

「あなたが帰った後、近くで殺人事件があって大騒ぎになっているよ」

「えっ、なにそれ」

　我ながら感心するほど、落ち着いたとぼけ方ができた。

「大変なの、すごいよ、すごいすごい。大事件」

愛人は、彼が犯人だとは思ってないようだ。長らく日本人駐在員向けの店にいるのでかなり日本語はしゃべれるが、興奮すると聞きとりにくくなる。

「ケンカケンカ、二人も殺されたんだよ」

彼は内心の動揺を、なんとか隠せたはずだ。愛人は彼の様子をいつもと違う、とはいわなかった。事件の話に夢中になって、興奮しているせいかもしれないが。

「俺にはまったく関係ない事件だけど、物騒な現地の事件には関心を持っておかなければならないからな。警察の捜査は進んでるの」

平静さを装って、いろいろと聞きだした。愛人によると、殺されていた男二人は近隣でも知られた札付きのチンピラで、

「敵対する麻薬中毒のチンピラに殺された」

という。殺された男二人が乗っていたバイクを乗り回していたヤク中男が捕まり、二人を殺して奪ったと自白したそうだ。

何度も、そこのところを聞き返した。愛人は少々いら立ちながらも、何度も答えた。

「ヤク中がチンピラを殺したの。連れて行かれた警察でも、そういったって」

自分は助かった、と安堵《あんど》のため息をつくべきなのだろうが、緊張は緩まない。

「ヤク中が捕まるところを見てた人達に聞いたけど、まるで手柄話、武勇伝だったたって。どうやってあいつらを手際よくブッ殺したかを、アクションドラマの説明をする

みたいにぺらぺらしゃべっていたみたいよ」

記憶が混乱し、妄想と幻覚が現実を侵食しているのか。そいつは実際には、死体のそばに転がっていたバイクを盗んだだけなのに。

殺したこともヤク中の中では事実になってしまい、武勇伝にすらなったのか。

「相手はもともと敵だし、強盗を返り討ちにしたって気分になってんのね。正義の味方にでもなったつもりかも」

そんなヤク中には申し訳ないが、実は私がやりました、その人はやってませんと、名乗り出るつもりはこれっぽっちもなかった。

「チンピラは二人とも、頭と尻尾《しっぽ》のない虎の刺青《いれずみ》をしていたって」

不意に、愛人は声を潜めた。そういえばあのとき、虎の鳴き声を聞かなかったか。あれはジャングルにいた本物ではなく、チンピラの刺青だったのか。まさか。

神話に出てくる、凶暴な虎の刺青。それは、愛人の父親と兄も入れている。この国だけでなく、近隣の国のチンピラや兵士、下っ端の警官などもよく入れている図柄だ。

弾や刃を通さない。その効能が信じられている。あのチンピラ二人は確かに銃や刃物では襲われなかったが、しかし虎に命は守ってもらえなかった。

愛人に聞いたのだったか、あの刺青は暴力的な力が良くも悪くも非常に作用するので、入れる側にも相応の凶暴さや強さが備わってなければならないと。

ともあれ殺された方も鼻つまみ者のチンピラ、犯罪を繰り返していた悪党で、ろくな死に方をしないという人達もいたし、退治してもらってよかったとはっきりいう人も少なくないらしい。

もしかしたら、彼が逃げた時点では二人ともまだ息はあって、後から来た麻薬中毒のチンピラがさらに殴りつけるか刺すかして、とどめをさしたのかもしれない。

それで彼の罪が消されることはないが、そうであってほしいと願った。

いずれにしても、やはり彼が名乗り出ることはない。

警察もチンピラ同士の事件で綿密な現場検証や緻密《ちみつ》な取り調べなどはせず、さっさと終わりにするはずだ。

ヤク中はもしかしたら死刑になるかもしれないが、匿名で差し入れでもしてやるか。

「物騒だな、君も気をつけなさい」

といったおざなりなことをいいながら、実は自分がやったといったら愛人はなんと答えるかとも考えた。悪い冗談だと決めつけ、終わりだろう。

だが真剣に、本当に自分だと経緯を詳しく語ったら。愛人は警察に行くだろうか。

金づるを失うことになるので、行かないだろう。

真犯人を通報しても、愛人には何一つ得にはならない。人として通報するべきだとしても、損をしない方を選ぶだろう。

あるいはもっと得をするために、裕福な日本人会社員の弱みを握ったと、今宵《こよい》の暗闇からあらわれた二人組より、さらにあくどい者達と組んで恐喝にかかる恐れもある。

自分はこの愛人をほぼ信用していないし、真に愛してもいないのだと思い知る。妻は違う。妻のために殺人犯になりたくないし、妻との生活を守りたい。もし妻が真相を知ったとしたら。このまま隠し通せるものなら、家族として隠し通そうとしてくれるだろう。そこまで考え、一刻も早く妻のそばに行きたくなった。早々に愛人との電話を切り、寝室に入った。静かで平和な寝息を立てている、寝顔《かがわ》も美しい妻。眠れそうにないが、目をつぶる。南国のどの花よりも香しく、甘い肌触り。

この妻を守りたい、この妻を失いたくない、この妻との生活を続けたい、そう強く願いながらベッドに入り込み、妻を抱きよせる。

妻の口元が、微笑の形になる。緊張が解け、強い眠気に襲われた。

異国の闇が、全身を絞めあげにくる。夢の中に頭と尾のない、胴体と手足だけの虎が二頭、出てきた。最初、二頭はバイクだった。いつの間にか虎になっていた。

あの暗い夜道だ。二頭はもつれ合い絡み合いながら、彼の周りを回っているだけだ。襲いかかっては来ない。しかし、先に進めない。

目が覚めると、もう朝だった。妻は先に起き、朝食の支度をしている。香り高い現地のコーヒーとパンの匂い。かすかに、血なまぐささも嗅《か》いだ。錯覚だ。

「おはよー。朝から暑いわねぇ。この陽射しで早起きの習慣がついたわ」

まだ子どもがいないのもあるが、彼をすべてにおいて優先して尽くしてくれる。自分のことは二の次だが、それでも化粧と笑顔を欠かさず、趣味も豊富で交際も華やかだ。

完璧《かんぺき》に整えられたリビングでテレビをつけると、例のニュースをやっていた。すべて聞き取れるのではないが、チンピラがヤク中に殺されたという内容は、愛人が語ったのと同じだった。現場の、あの道が映し出される。

南国の太陽の下では、惨劇の後でも何事もなかったかのようにのどかな風景だった。あれはやっぱり、夢だったのかとも思えてきた。

「怖いわね。行ったことない町だけど」

妻が眉《まゆ》をひそめる。妻は富裕層と外国人駐在員ばかりが住むこのエリアからは、滅多に外に出ない。あの道を妻が歩くことは、一生ないだろう。

「このあたりは俺も行ったことないけど、怖くて夜道なんか通れないよなぁ」

わざとらしく身震いして見せる。愛人からの電話はない。まだ寝ているのだろう。

今も、現場検証や目撃者探しが行われているだろう。昨日すごい事件があったと、近隣の人々も集まっているかもしれない。

それでも、その中に冤罪《えんざい》だの真犯人は別にいるだの騒ぐ人はいないと思う。いや、実は目撃者がいて、何かいったかもしれない。それが愛人に伝わり、彼を思い浮かべるかもしれない。

不安はわきあがる。頭と尾のない虎が、白昼夢として現れる。

会社でもその事件は話題になっていたが、彼と結び付ける人などいるわけがない。愛人がいる店に一緒に行く同僚や部下はいるし、薄々あの愛人と彼の仲を感づいてはいるようだが、それでもあの事件はどうやったって彼とはつなげられない。

二日も経てば現地のニュースも新聞も取り上げなくなり、愛人もそれを話題にしなくなった。この国は東南アジアではさほど治安は悪くないが、強盗や殺人、傷害は日本よりはるかに日常的だ。命も、安い。

一か月くらいは彼も、街なかで警官を見かけるたびに緊張し、もしも捕まった場合、どの弁護士に頼むかなどと考えたりしていたが、次第にあれは夢だったと本気で思えるようになってきた。

本当に犯人はヤク中で、自分こそ夢を現実と勘違いしてしまっただけではないのかと。

妻は何も気づかず、美しく貞淑で華やかなままだった。愛人もすっかり事件を忘れており、関心は次々に変わっていった。

そうこうするうちに、いったん東京に戻ることになった。愛人には、

「なんとか理由をつけて、毎月とは約束できないけど何か月に一度かは来る」

と約束し、あっさりと受け入れられた。すでに、もっと羽振りのいい日本人駐在員を確保できているのだ。胸はざわつくが、安堵《あんど》もした。

空港ではさすがに事件を思い出した。出国審査を通って飛行機に乗り込み、離陸したときは心底から解放感に満たされた。

あの事件は、自分にとってまったく無関係であり、終わってしまった、いや、最初からなかったことになった。

妻は日本の空港に着くなり、あのモデルさんだと騒がれて声をかけられ、なんでもない髪結いの亭主に戻ったこともまた、彼を安堵させた。

しばらく、平穏な日々が続いた。愛人から営業電話がかかってきただけだ。もし妻に聞かれても、接待で行った店のホステスだ、で済む。

そんなある日、突然に妻が暗く真剣な顔で近づいてきて、

「大事な話があるの。私も混乱してるけど、黙ってるわけにいかない」

などと切り出した。一瞬、頭と尾のない虎の幻影が見えた。

「あなたが殺したのね」

そういわれるのを、半ば覚悟した。

しかし妻は数秒の沈黙の後、台本でも読むかのように一気にいい切った。

「どうせばれるから、いうね。明後日《あさって》発売のスポーツ紙に、私のスキャンダル記事が出るんだって。でも、みんな嘘だから」

妙な安堵感の後、別の不安が沸き上がった。もう一度、あの虎達が見えた。

「えっと、内容を教えてほしいんだけど」

薬物や当て逃げのような犯罪系なら、記事になる前に逮捕されている。逮捕されるほどのことではないスキャンダルとなれば、男絡みしかない。

それは根も葉もない噂や作り話であるはずもなく、かなりの真実、事実がそこにはあるのだ。青ざめた妻によると、

「あるスポーツのチームの人に誘われて、その気はなかったけどいわゆる合コンに参加してしまったの。私としては、合コンのつもりじゃなかった。私達が滞在してたあの国の選手が二人いて盛り上がって、ついその二人と別々に、お茶につき合ってしまったのね。そこを撮られたみたい」

「君に取材も来たんだろ。なんて答えたの」

「お茶だけですといったけど、選手が違うことをいったみたい。でも、嘘よ。選手は二人とも、私に横恋慕っていうのかな、勝手に盛り上がってるの。いい迷惑だわ」

「わかった。君を信じる」

明日《あした》になれば、会社の人にも近所の人にも学生時代からの友達にも家族にも、みんなに知られてしまう。いや、それどころか日本中に知られるのだ。

妻は告白した後、泣いて寝室にこもってしまい、彼はリビングで一人、まんじりともできない長い夜を過ごした。

妻は芸能事務所といってもモデルやレースクイーンばかりを擁する事務所にいて、テレビで活躍するタレントと違い、スキャンダル対策もできていない。テレビ局に圧力もかけられないため、出すと通告されてはどうにもならないのだ。妻の厚い支持層、熱烈なファンは同世代の女達で、人気女性誌の表紙や化粧品のCMなどに出ていたが、年配の人達や逆にうんと若い子達にはあまり知られてない。

スポーツ紙も、たまたま大きなニュースがないときに撮れたので載せただけだろう。

選手のうち一人は世界的な大会で活躍したこともあり、そのスポーツに興味のない人でもなんとなくわかるというレベルだが、もう一人はまったくの新人で、テレビに映らない試合にしか出ていない。よほどのファンか関係者でなければ知らない。

ともあれ妻は、同じチームの選手に二股《ふたまた》をかけていたと報道された。妻はお茶といったが、別々にホテルに入る姿を撮られているのだ。

ネットでは髪結いの亭主改め寝盗られ亭主と揶揄《やゆ》されていたが、本人を前にはみんなさすがに遠慮がちだった。それでも、遠慮するふりをしながら興味津々で聞いてくる。

「妻もたまには羽目を外したかっただけ。俺だって、あっちの国じゃ遊んでたよ」

人も殺したよ。というのは飲みこみ、鷹揚《おうよう》な態度を取り続けた。

妻の浮気《うわき》はもちろん衝撃だったが、自分だって愛人がいたのだ。それを思って許すしかない。でないと、遠ざかったあの国がまた嫌な近づき方をしてくる。

「さすが、髪結いの……、あ、すまん」

とにかく、あの国に関することは静かに終わらせたかった。事を大きくして、彼にも現地に愛人がいた、愛人宅の近くで殺人事件があった、みたいな連想をされ、妙なつながりをほじくり返されるのを恐れた。

妻も、今もし離婚となれば二股スキャンダルのイメージの悪さから人気モデルには戻れないし、みずからの不倫でバツイチの無職となれば、おしゃれブログは人気急落だ。

キラキラと華やかなことはできなくなり、どうにかやれたとしても、変な金でやってるんだろうなどと誹謗《ひぼう》中傷を受けるのは目に見えている。

妻は危機感を抱き、子どもが欲しいといい出した。

「そろそろ、自然妊娠は難しくなる年齢になってしまったし。これだけは、何歳になってもチャレンジできる、ってものじゃないから」

今までは、体形が崩れるから嫌、そもそも子どもは欲しくない、要らない、二人きりでのんびり暮らしたい、といっていたのに。

ママタレでイメージ回復を図ろうとしているのか、さらに夫婦仲を強固にしようとしているのか、どちらもだろうが、彼に反対する理由はなかった。

三十代半ばではあったが、その気になったら妻はすぐに妊娠した。さらに、赤ちゃんは双子とわかった。しばらくして、どちらも男の子だといわれた。家がにぎやかになるな、彼も喜んだ。

安定期に入ってから、妻は双子の男の子を妊娠したと発表し、優雅なマタニティライフをつづった。ブログは人気が再燃した。彼もブログに積極的に出るようになり、イクメン宣言もして公私ともに彼の好感度も上がった。

「いつか、あの南国をベイビー達と旅したいわ」

「あ、ああ、そうだな」

愛人とは疎遠になってしまったが、大らかな南国の女は彼に再会して赤ちゃんを見たら、喜んで抱いてあやしてくれるかもしれない。

……そうして生まれてきた双子の男の子は、色が浅黒く、どちらにも頭と尾のない虎のような痣《あざ》があった。

彼は見るなり、病院の床にへたりこんでしまった。砂埃《すなぼこり》が舞うあの道と、バイクのエンジン音、獣の咆哮《ほうこう》が聞こえた。血の臭いも、よみがえった。

「あなたの子よ」

豪奢《ごうしゃ》な特別室で髪を振り乱した妻は二人の子を抱き上げ、絶叫した。闇夜に光る、異国の虎の目をしていた。

「私の浮気じゃない。あなたの因果よ」

百済《くだら》の川成《かわなり》と飛騨《ひだ》の工《たくみ》と挑みし語《こと》

（巻第二十四第五話）

百済川成という絵師と飛騨の工という工芸の名人が互いにライバル意識を燃やし合っていた。ある日、飛騨の工から自分の建てた堂の壁に絵を描いてほしいという招待状が川成に届いた。しかし縁側から中に入ろうにも戸が閉まって入れない。それを見た飛騨の工は大笑いをした。川成はその仕返しにと襖《ふすま》に死体の絵を描いて飛騨の工を驚かせ、腹をかかえて大笑いをした。

私自身は、とても平凡な女だと思う。それに相応《ふさわ》しいよう、普通に生きてきたはずだ。でも、世間は私をそう見てくれない。

ありふれた地方の、静かな町。地元の中小企業の会社員だった父と、ときおり近所でパート仕事をする主婦だった母。今は亡き祖父が建てた、小さくても居心地のいい家。金持ちでもエリートでもない親だけど、何不自由なく育ててくれた。

五つ上の姉と三つ上の兄も私も、特に優等生ではなかったけれど学校でも近所でも良い子達といわれ、三人はずっと仲良しだった。

とにかく、姉や兄にあんな恐ろしい不幸なことが起きるまでは、平凡と幸せがイコールで結ばれる家庭と家族だった。

だから、二人に振りかかった災難というのか運命というのか、姉の場合は事件といわれたことが、どうにも本人達のせいだったとは思えなかった。

姉も兄も、悪い人達にたまたま関わり合ってしまい、巻きこまれてしまった。私だけでなく、親もそう思っていた。

なのに身内とはいえ、直接その事件に何の関係もない妹の私や親まで特殊な人達、特異な家族と見られるのはつらい、いや、理不尽だ。

……姉は、子どもの頃から絵がうまかった。特に習ったわけでもないのに、小学生の頃から校内の写生大会、地区の展覧会などでしょっちゅう入選を果たしていた。

先生達も、この道に進むのがいいんじゃないかといってくれていた。ただ、我が家は学費の高い美大に通わせるほどの余裕はなかった。

姉もそのあたりはちゃんとわかっていて、不満にも思っていなかった。絵とは関係ない地元の短大に行って、近隣の街の堅実な会社に勤めた。

「絵は趣味でやればいいわ。それで食べていけるほどの才能もないし」

そう、明るく割りきっていた。それがいつの間にか、会社勤めの傍ら有名な漫画雑誌に投稿して入選し、プロとしてデビューしたのだ。

ただ、コミックスが出るか出ないかであっさり辞めてしまった。

「やっぱり、趣味でやる方がいいわ」

編集部は、姉に正統派の学園ラブコメディみたいなものを描かせたかったようだ。そもそも入選作も、そのようなものだった。ところが姉が本当に描きたかったのは、かなりグロテスクな描写があるホラーだった。

姉は、いつからか活躍の場を同人誌に移していた。そちらのほうが縛りもなく、自由に好きなものが描けるからと。

事実、姉は同人誌の世界ではかなりの人気漫画家となっていった。事件の報道で本名は出てしまったけれど、ペンネームの方がはるかに知られている。

古典的ともいえる端正で華麗な絵柄で、破壊された人体や腐った死体を描く。姉がそんな趣味嗜好《しこう》を持っていたなんて、私はまったく知らなかった。記憶にある限り、二人でごく普通の少女漫画に夢中になっていた。

やがて姉は漫画の原稿料、同人誌の売り上げだけで生活できるようになり、会社を辞めて安アパートからその辺りではまずまずのマンションにも越していた。姉が無残な最期を迎え、悲惨な事件現場となった部屋だ。

親はかなり心配したけれど、そこそこの生活ぶりを目の当たりにし、まぁこれもあ

りか、といったんは納得した。姉の漫画に関しては、

「気持ち悪いといったらあれだけど、よくわからないから何ともいえない」

「あれは、空想だけで描いてるんだよな。当たり前だな」

などと苦笑していた。親としては、いずれちゃんとしたところに嫁に行ってくれたらいい、くらいに思っていたのだ。なんとしてでも姉に漫画家として大成してほしい、その結果として生涯独身でもいい、といった考えは持っていなかっただろう。

私も姉と同じ短大を出て、親元から近所の会社に勤めていた。私には姉のように秀でた才能や、強く何かをやりたいというものもなく、ただ平穏な日々を送っていた。

それに対する焦りなどもなく、姉への劣等感なんてものもなく、むしろ漫画一筋で男っけもない姉の行く末を心配していたくらいだ。

兄はもっと堅実で、看護専門学校を出て看護師となり、地元の大きな病院に勤めていた。専門学校時代から付き合っている女性がいて、いずれ結婚すると誰もが思っていたし、反対する人など身内にも周りにも一人もいなかった。

私も姉も、明朗でしっかりした兄の彼女を好きだった。彼女は親戚《しんせき》の伯父《おじ》さんが開業している医院に勤め、結婚しても仕事は続けたいといっていた。兄もそれに賛成し、どちらの病院にも近い場所に新居探しもしていたのだ。

そういう私も、高校時代から短大、会社とそれぞれに彼氏はいたけれど、なんとな

く疎遠になったりつまらないことで別れたりしながら、合コンなども楽しんでいた。強い希望でも目標でもなく、ただ漠然と三十くらいで結婚して母みたいな主婦になって、うちのような家庭を築きたいと考えていた。玉の輿《こし》だの起業だのを夢見たことはなく、我が家よりちょっぴりでも豊かになれたらいいな、くらいの願いだ。

平凡と幸せがきっちり噛《か》み合っていた歯車が狂い、スムーズな回転ががたつき始めたのは、なんといっても姉が何者かに殺されたところから始まる。

姉は一人暮らしのマンションの部屋で、死後三日を過ぎて発見された。

真夏だったので、閉め切った部屋で腐敗は進行していた。第一発見者となったのは、宅配業者だった。姉の荷物を配達に来て、ドアから漏れ出る悪臭に気づいたという。

以前にも独居老人の遺体の腐敗臭に気づいたことがあるという配達員は、ドアノブに手をかけた。鍵《かぎ》がかかってなかったので、思いきって開けてみたら、というわけだ。

「動転していたからか、遺体が動いたように見えました」

ベッドでもソファでもなく、姉は床に仰向けになっていた。配達員は目が合った気がするといったが、姉の顔は向こう側を向いていた。

死因は、扼殺《やくさつ》。そのため、殺人者は男だとされた。姉は下着姿だったが、明確な性的暴行の痕跡《こんせき》はなかった。室内にも、激しく争ったような様子はなかった。

当時はまだ、そのマンションの防犯カメラは共用玄関にしかついておらず、各階の各部屋の出入りまでは把握できなかった。

姉の財布には五万円ほどの現金が入ったままで、高価な腕時計も机の上にあった。通り魔に無差別に殺された可能性はあるが、計画的な強盗の犯行ではないとされた。無理矢理に押し入った形跡もなく、近隣からも悲鳴や物音は聞いてないとの証言が相次いだ。そして、みずからドアを開けて招き入れたのなら顔見知りの犯行だ、となった。

つまり、姉は何か恨みを買ったり邪魔だと憎まれたりしていたわけで、その相手との不幸な関係性は私達の知らないところで早くからできあがっていたようだ。姉が普通に対応していても、相手が異常者だったらどうしようもない。

その頃はまだラインというものはなく、姉と私は他愛ない近況報告を毎日のようにメールでやり取りしていたし、親とも一週間に何度かは電話していた。

兄からは親にも私にもあまり連絡などなかったけれど、うちに限らず息子や男兄弟は何か用事がなければそんな頻繁に家族に電話もしないものだと思い込んでいた。

「そういえばお兄ちゃんはさておき、お姉ちゃん三日くらい連絡ないね」

「夜、電話してみようかな」

などと親と話していたところに、警察から連絡がきたのだ。

「お宅の長女さんらしき人のご遺体が、発見されました」

といわれても、現実が把握できず親も私もしばらくぽかんとしていた。兄に電話したら、しばらく絶句していた。長い沈黙の後、信じられない、嘘だろ、とつぶやいた。父による遺体の確認、家族みんなが受けた警察の事情聴取、兄が防波堤となってくれたマスコミ関係者の取材、ニュースで報道されたことによる近隣からの好奇の視線、見知らぬ人達からの無遠慮な質問、職場でもささやかれた陰口。延々と、歪《いびつ》な軌道を描いていた。ぎちぎちと、歯車が変な音を立てて回り続けていた。

姉の死体は、姉が描く絵にそっくりだったなんて噂も流れた。自身の死体をすでに描いていた。そんな都市伝説が沸き上がった。本人が描いたある漫画の登場人物が、犯人をモデルにしているのではないか。そんな話も出た。

ただ、厳重に警察からマスコミに口止めされ、ほぼ外部には漏れなかった、身内だけが知らされた事実がある。解剖の結果わかったのは、姉が妊娠していたことだ。ごく初期の段階で、二か月の終わり。生理の遅れや悪阻《つわり》で気づく場合も多いが、生理不順や悪阻のあまりない人ならまだ気づかない頃だ。

何から何まで、自分達の平穏な人生や生活にあるはずがないものばかりだった。母は虚脱と半狂乱を繰り返し、そのために父と兄は気丈に振る舞い、正気を保つしかなくなっていった。私も姉の死そのものより、遺《のこ》された家族の平穏な人生と暮らしがこれ以上の崩壊を見るのが怖くてならなかった。

さすがに、会社でも近所でも、面と向かって不躾《ぶしつけ》なことをいってくる人達は少なかった。とにかく、平穏な暮らしに戻さなければ。私は、気を張った。

姉の部屋からなくなっているものはないか。姉の交友関係は。一つ一つ、警察の聴取に答えていった。そのときになって、私は姉の全てを知っているわけではなく、むしろ姉をあまり知らないということを突きつけられた。

意外にも、姉の携帯の履歴には兄の番号がかなり残っていた。その他の履歴はすべて当人に確認がいき、聴取が行われた。怪しい人は、特定できなかった。

しかし、兄と姉の頻繁な電話は意外だった。考えてみれば兄は精神科や心療内科で看護をした経験もあったから、ときおり心の不安定さを訴えてきたという姉に、カウンセラー的なことをやっていたとしてもおかしくはない。

それでも警察を通してそんな話を聞かされたとき、なんとなく仲間はずれにされていたような寂しさを覚えた。姉は私には悩みは打ち明けず、兄も私には黙っていた。姉は妹には心配をかけたくなかったのかもしれず、兄は身内としてよりカウンセラーとしての守秘義務を守ったのかもしれないけれど。

そんな兄に姉の妊娠の話をしたら、それは聞いてないときっぱりいわれた。

私の知らないものが姉の部屋にあふれ、私の知らない人とたくさん付き合い、私の知らない行きつけの店があった姉。何より私は、姉の漫画を読んでなかったのだ。

もともとホラーが苦手というのもあるが、姉が描いたグロテスクな死体より、ラブシーンの方が気恥しくて見られなかった。

「何もかも、心当たりはありません」

警察には、いつだってそういうしかなかった。兄は姉と電話ではよく話していたものの、部屋には粗大ゴミを出すのを手伝ってといわれたときくらいしか入ってないそうで、姉の持ち物など見せられてもどれにも見覚えがなかったという。

「姉ちゃんが最後に買い物したらしい店のレシートを見せられても、困るだけだったよ。このシャンプーを愛用していましたか、といわれても。わかりません、としか」

兄は別人に見えるほど痩《や》せて憔悴《しょうすい》していたが、長男としてしっかり家族を支えてくれた。

どうにか葬儀も出し、遺骨を納め、姉の部屋を引き払った。見覚えのある服や靴を見ると胸が締めつけられたが、まったく見覚えのないものを見ても、突然断ち切られた姉の世界や未来が虚《むな》しくも生々しく感じられ、そのことも私の胸を締めつけた。

そういえば、姉がよく着ていた花柄のふわっとしたワンピースが見当たらなかった。

「下着でくつろいでいるところにいきなり宅配便やお客さんが訪ねて来ても、瞬時にさっとかぶって着て出られて便利なのよ」

なんて、笑っていたのも覚えている。いろんな写真に残された、南洋の大きな花の模様。

「もしかしたら、それを犯人が脱がせて持ち去ったのかもしれません」

と警察にいわれた。そう、姉は乱暴はされてなかったが、遺体は下着姿だった。

「その服に犯人の体液がついていたとしたら、それを隠すためにです」

姉は妊娠していた。その相手が殺したという想像はしやすいが、

「妊娠させた相手が犯人かどうか、それも今の段階ではわかりません」

警察に、これもはっきりいわれた。私達の憎しみと恨みは、虚空に向かって拡散するばかりだ。描きかけの原稿やメモなども、すべて引き取った。

ちなみに姉の作品は、ネットで高騰した。もちろん、売る気などなかった。

最も人気のあったのが、中世のヨーロッパらしき時代と舞台を背景にした長編物で、父と娘、母と息子、兄と妹、姉と弟、あらゆる登場人物が近親相姦《きんしんそうかん》にふけり、誰が誰の子だかわからなくなり、その子ども達がまた交わって子を産んでいくというものだ。

登場人物はみんな美男美女だが、生まれてくる子達は天使のような美貌《びぼう》と、怪物のような異形のものとが半々となり、美醜を問わずだいたい若死にする。

豪奢《ごうしゃ》な棺《ひつぎ》には、細密な腐乱死体の彫刻や絵が施されていく。絢爛《けんらん》たる腐臭漂う一族の墓地。一族がみな死に絶えた後、一番新しい棺から何者かが這《は》い出してくる……そ

こで絶筆となった。

いったい、呪われた一族の交配の果てには何が生まれてくるのか。それは作者の死で永遠の謎となってしまった。という後日談そのものが都市伝説化し、ネットでは盛んに姉の愛読者達が二次創作を行っている。

そこに、姉が想定していた結末とぴたりと合うものがあるのかどうか、私にはわからない。わかりたくもない。

一度読んだだけで、自宅の庭にある物置の奥深くにしまいこんだ。姉は墓地や仏壇にではなく、そこにいる気がした。

だから、物置は開けられなくなった。姉の腐乱した遺体が豪奢な中世ヨーロッパの棺から這い出てくる。その想像を、私は打ち消すことができなくなっていた。

ひととおり表面的なことは収束したが、家族の中ではやれやれ終わったね、となるわけがなかった。姉を殺した誰かは、何食わぬ顔で生きている。それはもしかしたら遺族が狙われるかもしれない、という怖さもあった。

姉を殺した犯人は、何年経ってもまったく捕まる気配はなかった。容疑者すら、確定しなかった。だから、勝手に週刊誌やネットにあらゆる憶測を書き立てられた。

姉は悪い裏バイトをしていて、組織に消されたとか。姉の熱狂的ファンが、姉を殺して死体をスケッチしたかったとか。みずから、腐乱死体になってみたかったとか。

絵に打ち込み漫画に夢中だった姉は、別に気難しいのではないがもともと内気で人見知りする性格だったから、友達は多くはなかった。その友達もみんな、姉には交際している男もおらず、ストーカーのような男もいなかった、と口をそろえた。

「出入りしていた男って、お兄さんくらいでしょ」

何人かにいわれ、これも意外というより妙な気がした。兄によると、姉の部屋には手伝いで一度しか行ってないはずだったのに。

ともあれ姉は、目立つほどの美人ではないにしてもひどく不器量でもなく、穏やかな性格だった。本人がその気になれば、恋人も夫もできたと思う。

ただ、あまりリアルの男や手軽な色恋に興味がなかったのだ。

未解決事件、迷宮入り、三年経った頃にはそういわれるようになった。母も、だいぶ落ち着いてはきていた。どうしても見られなかった姉の写真も見られるようになり、姉の遺品となった漫画も読んでいる。

「こんな漫画でも、ファンがいて長く大切にして下さるんだもんねぇ。漫画家としては幸せだったね。そう思うしかないわ」

ところが三年経った頃、また一つ我が家に暗い事件が起こった。

世間からは事件とまではいわれないだろうが、我が家には衝撃的な第二弾だった。

どうにか元通りに嚙《か》み合って回り始めていた歯車が、また錆《さ》びついた感じだった。

兄が失踪《しっそう》したのだ。それはもう、神隠しといっていいほどのものだった。

姉のことがあったため、兄と彼女は正式に結婚せず同居を続けていた。これは、恨むことも怒ることもできないが、彼女の両親、親族が結婚に難色を示したのだ。

彼女の親や親族としては、痴情のもつれで殺されるような女の弟、となったのだ。しかも犯人がまだ捕まっていないことで、そいつがこちらにやってきたらどうしよう、とんだとばっちりを被るかもしれない、といった恐怖も抱いた。

それは、わからないことではない。救いといっていいのが、彼女自身はどうしても兄と別れられず、一緒にいたいと親の反対を押し切ったことだ。うちの親も、泣いて喜んだ。

兄と彼女はひっそり、しかし堅実に幸福な暮らしをしていた。挙式も入籍もしていなくても、私から見れば彼女は我が家の一員だった。私も、姉さんと呼んで慕った。

なのに。兄は妻である彼女にも何も告げず、突然いなくなった。

彼女によれば食卓には飲みかけのコーヒー、ベッドには脱ぎ捨てられたパジャマ、洗面台にはまだ濡《ぬ》れている歯ブラシがあったという。

その日の兄は、彼女がまだ寝ているときに出勤するシフトだった。だから彼女は起きて家に兄がいなくてもなんとも思わず、自分も出勤の支度をしていた。

そこに、兄の勤め先の病院から電話があった。何の連絡もなく出勤してこないが、何かありましたか。そんなことは初めてなので、彼女はすぐ兄に電話した。しかし、出ない。

兄はスマホも財布も家に置いたままで、その日は連絡が取れず帰宅もしなかった。すぐに、私達にも連絡は来た。父、母、私、誰も兄の居場所はわからなかった。兄が残していったスマホに、いろんな人から電話がかかってくる。虚しい呼び出し音が、まるで姉のいる世界にまで響くかのようだった。

かけてくるのは、すべて身元のはっきりした人達だ。みんな、兄と連絡が取れなくて困ったり心配したりしている人達で、彼女が気丈に、丁寧に兄の失踪を説明していた。

兄は、完全に消えてしまった。身辺整理をし、何か理由や心情を書き残していた、それならある程度の覚悟や理解もできるが、兄の場合は消えたとしかいいようがないのだ。

狐につままれたような、という古典的な言い回しを使いたくもなる。兄には、失踪する理由など一つもなかった。誰に聞いても、そういう。

もちろん警察に捜索願を出したが、家族としても何度聞かれても原因は思い当たらなかった。またしても、母は寝込んでしまった。

事実上の妻である彼女との仲も円満、有能な看護師として職場でも評価され、借金はないどころかかなりの貯蓄もあり、女関係はなし。

心身ともに健康。すべての人間関係は良好。一週間先の夫婦での温泉旅行、一か月後の好きな歌手のライブチケットの予約もしていた。

彼女との結婚は、あちらの親に反対されたというのはあるが、それもなし崩し的に認められていた。向こうの親も、もはや何も文句はいってこなくなっていた。

どこから見ても誰から見ても、平凡にして幸せな我が家に暗い影を落とすものがあるとすれば、いまだ未解決の姉の事件だけだった。

しかし、姉の事件と兄の失踪が直接的に結びつくとは思えない。

妻同然だった彼女は、さすがに心が不安定になって実家に戻っていた。徐々に落ち着いて日常を取り戻してくると、連絡してくるようになった。

「待ち続けるわ」

姉と違って、兄には希望が持てた。本人にしかわからない理由でちょっといなくなったけど、どこかで無事に暮らしていて、そのうちひょこっと戻ってくる、と。

いつしか季節は廻《めぐ》り、姉が殺されて十五年、兄がいなくなって十年が過ぎた。親はすっかり老人となって、家にこもっていた。

私はそんな親を見ながら、淡々と会社勤めを続けていた。私の事情を知っている古

参の同僚達は、私生活に触れてこない。新たに入ってくる若い人達の中には、

「なんで独身なんですかぁ」

無遠慮で無邪気に、そう聞いてくる子もいる。

「理想が高いのよ」

と、冗談めかしていっておく。その子達も誰かに私の境遇を聞かされたら、黙ってくれるようになる。私自身はとても平凡な女だと思っているのに、たちまち特異で数奇な人として見られるようになるけれど。

兄の妻といってよかった彼女は、今も独身でいる。親元に身を寄せ、ひっそり生きている。私も親も、彼女にはもう別の人との縁があれば、そちらに行ってほしかった。

その彼女がある日、どうしても会って話したいことがあるといってきた。

たぶん、別の人と結婚したい、そういうことだろうと見当をつけた。彼女には幸せになってほしかったから、祝福してあげるつもりで出向いた。

ところが待ち合わせ場所に現れた彼女は、思いもよらない話をした。

彼女の同僚が、近隣のアジア某国で兄を見かけたというのだ。

「それが……治安が悪いので有名な、怖い噂しかない雑居ビルで見かけたんだって。その友達は本当に古くからの仲良しで、あなたのお兄さんにも何度も会ってる。うちにも、泊まりにも来てたし」

彼女はスマホを取り出し、画像を見せながら説明してくれた。繁華街にありながら不穏な雰囲気を漂わせ、違法建築や不法占拠も多く、犯罪者が多く隠れている。それでも普通に商店やホテルもあり、怪しさも魅力として観光名所でもあると。

「思わず、友達は声をかけたのね。お兄さんの名前を呼んだら、一瞬ぱっと振り返った。ものすごくあわてて、建物の中に逃げていったって」

続いて彼女は、その友達から送られてきたという画像を出して見せる。全身が冷えた。

後ろ姿の……兄は、長い髪のかつらをかぶって女装していた。だから、兄とはいい切れないはずなのに。私にはわかった。

なぜなら、兄は姉の服を着ていたからだ。

「ね。私にも、わかる。これはあの人よ。この国に渡って、ここでモグリの看護師として、ううん、ひょっとしたら看護師の知識を活《い》かして、闇医者として生活していたのかもしれない」

思わず友達も、後を追ったそうだ。ところがその建物はまさに迷路で、いつの間にか何階なのか、どのあたりなのかまったくわからない場所に迷いこんでしまったという。

「ひたすら直進したはずなのに、元の場所に戻ってたり。さっきは簡単に開いたドアが開かなくなったり。窓を開けたらそこは三階くらいのはずなのに、五十階建ての屋上から見るような景色だったり」

行ったことのない建物が、極彩色で目の前に展開された。自分もぐるぐると目まいがしてきた。その先に、兄がいる。

「友達は、パニックになりながら目の前のドアを開けた。そうしたらそこは、あなたのお姉さんが殺されていた部屋だったって」

何をいってるの、この人は。私は突然、見知らぬ女が目の前にいる錯覚に襲われる。

「もちろん、友達はあなたのお姉さんの部屋なんか知らない。でも、直感したって。仰向けになっている、腐った死体」

私にも、見えた。下着姿の姉。着ていた服は、兄が持って逃げた。

「友達はそのドアを開けたまま、悲鳴をあげながらまた逃げた。無茶苦茶に、手当たり次第に廊下を曲がってドアを開けながら。ときおりふっと、あの人が現れるんだって。でも、ずっと後ろ姿。何度呼んでも、振り返らない。気がつくと友達は、いつのまにか建物の一階フロアにいた」

「どうしたらいいんでしょうか」

「私、行ってみるつもり」

この話は、互いの親には黙っておこう。それは口に出さなくても、確認しあえた。

それでも私は、行くなとも行ってきてともいえなかった。

どんな理由があるのかまるでわからないが、兄が姉を殺した。肝心なことはわからなくても、恐ろしいことが起こったのだということはわかった。

そうして彼女は、本当に兄を見かけたという国に向かい、その建物を目指した。何日かして、彼女から連絡が来た。

「見つけた。間違いない」

送られてきた、建物の写真。濃厚な異国の悪臭と芳香が混ざりあい、いろんな人種がひしめきあっている。迷路だけで構成された暗黒の楽園。でも、その写真の中に兄はいない。

「これから、追ってみる」

しばらくして届いた、ひどくぼやけた画像。姉の服を着た誰かの後ろ姿。それっきりだ。そこで彼女とは、まったく連絡が取れなくなった。

しばらくして、とっくに帰国していた彼女がまったく私の知らないどこかの男性と結婚し、平穏に暮らしているのを共通の知り合いに聞かされた。

良かった、心底から思った。あの迷路も通りぬけ、腐乱死体の幻からも逃れられ、ごく普通の幸福をつかめたのだ。親も、寂しがりつつ安堵《あんど》していた。

兄は見つからず、姉を殺した誰かも見つからないままだ。でも、これでいい。姉を妊娠させて殺した男が、うんと身近にいたかもしれない。そんなことは、私一人の胸にしまっておけばいい。いや、一人ではないか。もう一人も、何もかもわかってしまった。だから新天地に嫁いでいった。

兄は姉の漫画にのめり込んだ。姉本人も進んでともに登場人物の一員になろうとしたか。どうして長い年月を黙って過ごせたのに、突然に出奔したのか。あるとき不意に、最後の棺《ひつぎ》から出てきた何者かに、何かを促されたか脅されたか。

このまま私は、一家の生き腐れた棺には蓋《ふた》をしたままでいる。それが、私達の平穏な生活を守る唯一の方法なのだ。

女《おんな》、医師《くすし》の家に行き、瘡《はれもの》を治して逃げし語《こと》

（巻第二十四第八話）

名医と評判の高い宮中の院長のもとに美麗な女車がお忍びで乗りつけた。好色多情な院長は車の中からの甘い声に、個室の支度をして女を迎え入れた。女の陰部には命にかかわる悪性の腫瘍《しゅよう》があった。女の色香にあてられた院長が甲斐甲斐《かいがい》しく世話をしたかいがあり、腫《は》れ物はすっかり治ったが女は行方をくらます。院長は泣きながら思いをとげてしまえばよかったと後悔した。

「まぁ、聞きなさいよ、わたしの話を。何が忙しいよ。忙しいのはみんな同じよ。わたしだって忙しいのよ。でもあなただって一日二十四時間、仕事してるわけじゃないでしょ。寝るしご飯も食べるし、テレビ観て週刊誌とか読んでトイレも風呂《ふろ》も入るでしょ。飲みにだって行くし、何か趣味もあるんでしょ。友達とつまんないおしゃべりもするでしょ。

その睡眠や趣味やテレビの時間をちょっと削って集めれば、わたしの話を聞ける時間はたっぷり作れるはずよ。

というより、何をおいてもわたしを一番にすべき、わたしを優先するものでしょ。わたしからわざわざ来てやってるのよ。庶民には畏《おそ》れ多いことよ。

わたしの話はさておき、まずは、あの御方の話ね。

彼は途方もないお金持ちで、世界を席巻《せっけん》するカリスマ、世界的大スターと崇《あが》めたて祀《まつ》られる偉大すぎる存在なの。

もう、何度いったらわかるの。あなたはそういう方面に疎いっていうか、あの御方がいる世界について全然といっていいほど知らないからしょうがないとはいえ、地球規模で知られているって、何度いったらわかってくれるの。

そんなふうに聞かされると、しわくちゃおじいちゃんか、でっぷりしたおじさんかと思うでしょ。

違うんだなぁ、これが。年齢だってわたしよりかなり若い……って、あ、わたしもすごく若く見られるから、同い年くらいに見えるんだけどね。

彼を知らない人でも、ハリウッドスターかな、と真っ先に思うくらいの若い美男よ。ほら、わたしも絶世の美女という形容が相応《ふさわ》しい、この国で唯一の美女じゃない。だからほんと、お似合いっていうか。

何度もいわせないで。何度でもいいたいけど。彼は世界的人気を誇る俳優。ただのアイドル的人気じゃなくて、自分で原作も脚本も書き、監督も演出もこなす実力派なの。そんな彼、わたしを知ってからは台詞《せりふ》や目の動きは、みんなわたしに捧《ささ》げられているの。

彼はね、わたしに恋い焦がれているの。わたしがいなけりゃ、日も夜も明けない。以前出演したわたしの映画やドラマを観たのもあるだろうけど、あの頃とまるで変わりない今のわたしを見て衝撃を受けたのね。

海を隔てて離れているけど、もうすぐ迎えに来るわ。

彼も忙しいから、そうよ、あなたの一万倍くらい忙しいの。でもまめに、連絡をくれるわ。毎日、ラインと電話でもつながってるし。

ねぇ、ほら見て見て、この画像。彼がスマホを握りしめてるでしょ。わたしの写真を見てるの。つらいときは彼、わたしにすがるの。

ほらほら、こっちの画像も見て。緑のTシャツを着てるでしょ。わたしが緑色を好きだからなの。わたしの色に包まれていたいのね。

こんなに愛されて求められて、わたしはマリア様かもしれないわ。ううん、わたしはアジアのビーナスでもあるし、現実世界のシンデレラ姫でもあるの。

世界がわたし達を祝福し、うらやましがり、憧《あこが》れる。

そのはずよ。でもね、世界がうらやむ美男美女同士の恋愛は妨害もすごい。妬《ねた》んで足を引っ張ろうとする、卑しい奴らもいっぱい。

特に今は、あの女がひどいの。あれは悪魔の手先。あの御方ですら、ちょっとだまされてしまうほどあの女は巧妙な罠《わな》を仕掛ける。

あなたに相談したいのは、それよ。この前も、その前もいったでしょ。

あの女は、あの御方だけでなくわたしのことも呪っている。悪魔と通じている女だから、いろんな魔術が使えるの。

体の不調を挙げていけばきりがないけど、今わたしが一番困っているのは、あの女の顔をした腫れ物ができたってこと。

いやらしいったらありゃしない。肉が変な色になって盛り上がってぶよぶよしてて、猛烈に醜い。ビーナス、マーメイドと讃《たた》えられたわたしの体にあってはいけない、ありえないものよ。だからこそ、あの女は舌舐《したな》めずりをしてわたしの体に取り憑《つ》いた。

最初は薄い切れ目だったひび割れが、次第に口のように開くようになってきて、ついにはしゃべりだしたの。これもね、初めのうちはモニョモニョ、意味不明なうめき声みたいなのを出すだけだったのに。だんだん、言葉になってきた。

育ちのいいわたしには、とっても口に出せない下品な言葉よ。黙らせようと絆創膏《ばんそうこう》を貼ったりしても、いやらしい口でそれも食べてしまう。

だから、その口にいろんな薬を突っ込んでみたのね。強いお酒を注いでみたりもしたわ。だけど悔しいことにわたしの体にがっつり根付いて食いこんでいるから、わたしまで酔っぱらうし具合が悪くなってしまうの。

あなたは医者じゃないけど、医者よりもいろんな病気を治せるはずよ。だって、わたしのことをとってもよく理解し、わかろうとしてくれているから。いろいろ知りたがっている、ともいえるわ。ええ、あなたの要望に応えてあげる。

もちろん、医者にも行ったわ。でも、医者は治せないの。治せないからって何の効果もない、何の関係もない別の科に回そうとするの。心療ナントカ科みたいな。

これもあの女の裏工作よ。わたしの今の不運、不幸はすべてあの女の呪い。今に魔の手は全世界に伸びる。いえ、もう伸ばされて届きかけている。今すぐ止めなきゃ。あなたはまだ、あの女の悪い息がかかっていないし、あの女にまだ見過ごされている。

さぁ、わたしの体に巣食う悪い腫れ物を治しなさい。あなたなら取り除ける。

でもねぇ、あなたも女に取り憑かれてないかしら。あの女とは別に、違う種類の邪悪さを持つ女の影が見え隠れしてる。

なんか、あなたにも妙な腫れ物がありそうね。それはわたしが治せるかも」

――また来てるよ、彼女が。いや、大女優様が。

仕事関係というより飲み仲間に近い編集者に呼び止められ、にやにやされた。

「御執心もここまで来ると、立派に病気だねぇ」

「いや、ただの可愛い女心と思いたいんですが」

こっちも、にやにやするしかない。バイトの女子大生には、真顔で声をかけられる。

「大女優さんが、また来てましたよ」

「あ、ああ、そうなの」

こちらも真顔になるしかない。ぼくは、基本的に相手に合わせて対応を変える。にやにやには、にやにや。真顔には、真顔。だけど、彼女には合わせられない。

こんなに強く執着されて寄ってこられても、ぼくは距離を取り続ける。ちょっとでも距離を詰めたら、感染させられそうだ。彼女の病に。

彼女は狂気を誰かれかまわず振りまくのではなく、狙い定めた相手に放出するだけだから、通りすがりに近い人達にはまあまあ普通の対応ができている。刺激しなければとてもおとなしく、むしろおどおどしていた。

しかしロックオンされた相手も、なかなか彼女の病に感染はしない。あまりも妄想や行動がぶっ飛びすぎているから、親身になれない。感情移入できない。腰が引けてしまう。いわゆるドン引きという状態になることが、感染防止になっている。

そもそもぼくが今いるこの出版社の編集部は、勤務先ではない。業務委託というのか。今は、この編集部がやっている雑誌の特集記事を手伝っているだけだ。

その期間中は社員のように机を与えられているが、この企画が終わればそうそうは来なくなり、次の仕事をもらうまでは机も他人のものとなる。

なのに。今、一階ロビーにいるはずの彼女は、一か月ほど前から毎日のようにここに来る。ぼくに会いに。ぼくを求めて。

今のぼくは、一人で食べていける程度にはそこそこ仕事があるライターだ。まだ三十になったばかり。もう三十を超えてしまった、というべきか。

若手といえば若手だ。間違ってもベテランや大御所、そして売れっ子ではないが、駆け出しでもなく、無収入の自称ライターでもない。

大学を出てすぐは、実話怪談本ばかりを出す小さな出版社に勤めていた。いろいろあって五年で辞めて、先輩のやっている編集プロダクションに入れてもらった。

今は主に男性週刊誌で芸能ゴシップに時事ネタ、書評まで何でも書き、まあまあ使い勝手のいい奴、として見られている。

出版社時代に別の出版社の編集者と結婚したが、二年ほどで別れた。決定的にわかりやすい理由も原因もない。

ざっくり、性格の不一致というやつか。お互いにあれこれ小さな不平不満が積み重なって、ある日ついにどちらも最後の一滴が落とされてあふれた感じ。

前妻は、いったん実家に戻った。子どももいないし財産もないし、離婚届に署名しあうだけであっさり離婚成立。

同じ業界にいるから噂も聞くが、最近は実家を出た後に住んだ部屋も引き払い、会社も辞めてどこかに引っ越したということだ。業界仲間とは、誰とも連絡を取ってない。

ぼくはけっこう、前妻に未練もあった。前妻本人にというより、否定されたぼく自身に執着していたのかもしれない。と、これは前妻にいわれた。

ともあれ前妻は隠れ、逃げ回った。正直ぼくはちょっとしたストーカーになった時期もあり、警察を呼ばれたこともあった。それに懲りて、今は近づかないようにしている。

最後に会ったのは、ぼくの気持ちも落ち着いた頃だ。ぼくの故郷を見ながら最後に話したいと誘い出し、都心から二時間ほど離れた山道をドライブした。

後部座席のクーラーボックスには、彼女の好きな酎《ちゅう》ハイ缶とアイスクリームが詰めてあった。彼女は飲み、食べ、

「やだな、最後の晩餐《ばんさん》みたい」

と泣き笑いしていた。山脈は深く暗く、こんなとこに放りだされたら絶対に戻れな

いし見つけてもらえないから、ケンカはしないでおくわ、ともため息をついた。

その後、彼女は深く寝入ってしまった。ぼくは車を停めて、やっぱりこの愛しく可愛い寝顔を失いたくないと撫《な》でさすりながら涙をこぼしたんだった。

だから、例の大女優様にストーカーみたいになられたとき、ああ元妻もこんな気分だったんだな、と反省した。あそこまでの妄想には、走らなかったとしても。

彼女もまた、大勢に愛された自分、どんな男も夢中にさせた時代、それらにしがみついているのだ。決してあの御方だの、ぼく本人にではない。

今のぼくは、居酒屋やファミレスには行けて、たまに旅行もライブも楽しめるくらいの暮らしぶりだ。で、文筆で生計は立てられても自著などは出せず、かといっていずれナントカ賞を取って有名になりたい、みたいな野望もない。

田舎の親は、帰ってきて農機具店を継げとかいってる。それもありかと思うときもあるが、あんな熊や猪がうようよする山に囲まれた寂しいところで、老人に鍬《くわ》や鎌《かま》を売って暮らすのはあまり楽しいとも思えない。

車のトランクには、なんとなくあれば便利かなと親の店から持ってきたスコップや鋸《のこぎり》なんかが積んであるけど。とりあえずこのままゆるゆる、街なかの片隅で生きていけたらなと願っている。

つまり、本来なら彼女に執着される、選ばれる、頼りにされる、ストーカーされるような男ではないのだ。

彼女のことはぼくも含め、若いとされる世代の人はほとんど知らない。けれど、編プロ経営者であるバブル世代の先輩改め上司、今もっとも親しいこの中堅出版社の一回り上の編集者なんかにとっては本当に大スターで、時代を象徴する美女の一人だったのだ。

お嬢様が通うことで知られた女子高在学中にスカウトされ、いきなり有名化粧品会社のキャンペーンモデルとして世に出た彼女は、瞬く間にスターになった。

清純さ、可愛らしさ、親しみやすさを売りにしたアイドル達の中では、きりっとしたショートカットの中性的な雰囲気で、ミステリアスさと生活感の無さとヨーロッパの女優のような独特の雰囲気が唯一無二の存在とされた。

あっという間にその他の大企業のＣＭにも出演し、女性誌の表紙をすべて飾った。パリコレのステージ、ハリウッド映画にも進出し、しかしテレビには滅多に出ず、雑誌でも私生活は極力見せず、神秘性を保った。

大作映画の初主演では演技力はあまり評価されなかったものの、存在感で観るものを圧倒し、美貌《びぼう》でみなを虜《とりこ》にした。その後も、主役級でいくつかの映画に出演し、徐々に演技も評価されるようになっていく。

当時は日本中の女性が彼女に憧《あこが》れ、髪型やモノトーンの服装、けだるい物腰やささやくようなしゃべり方までを真似た。リアルタイムでは知らないぼくも、ちょっとネットで調べて、彼女の全盛期のすごさに驚いた。

彼女と同世代の人達は、いい女の代名詞だったといいきる。

ゆえに、今の彼女はぼくを追い回していると彼らにいえば、なんとも微妙な顔になる。

「まさかあんな大スターが、おまえに」

「あの人も、そこまで落ちぶれたか」

と、彼女の身内でもないのに悲しげなため息をつく。そんなため息、ぼくまで悲しくなる。なんでぼくが、必要以上にサゲられなきゃならないんだと不愉快にもなる。

今の彼女は、ぼくにとっては大スターではない。限りなく一般人というより、一般人の中に入れても平均以下の容姿と境遇の人になってしまっている。

もともと繊細過ぎて情緒不安定なのは、芸能関係者だけでなく広く一般にも知られていた。それ自体が彼女の持ち味、魅力、売りでもあった。

それが数々の男性遍歴とそのスキャンダラスな報道により、本格的に心を病んでしまった。仕事ができる状態ではなくなり、ほぼ引退となった。

その頃はまだ貯金もあり、容姿も保っていたので面倒を見てくれる関係者や贅沢《ぜいたく》をさせてくれるファンもいた。体目当てであれ、本気の恋であれ、近づいてくる男達は、全盛期に浮名を流した男達とは比べ物にならなくても、いることはいたのだ。

ところが本格的に壊れ始めてからは、一気に老け込んだ上に精神状態は専門医の治療が必要なほどになり、周りから人は去った。というより、逃げた。

かつて彼女の恋のお相手とされた、今も華やかな世界にいる男達は誰一人、手を差し伸べない、どころか彼女が来ても門前払いだ。

不幸は重なり、羽振りの良かった父親の会社が倒産し、彼女の母親と離婚して失踪《しっそう》。彼女は詐欺師といっていい占い師にすがって、全財産を盗《と》られた。

困窮した彼女はB級映画で初めてヌードを披露したが、あまり話題にもならなかった。いや、劣化した、老けた、貧相な体にがっかり、といった内容からは騒がれた。やることなすこと、彼女は追いこまれ、病状を悪化させていった。やがて低所得者向けのアパートで国から保護をもらって暮らすようになり、ついに洋品店で下着を万引きし、警察沙汰《ざた》となった。

「寒かったから取ってしまいました」

という釈明もニュースになり、それはぼくもリアルタイムで見て物悲しい気分になったのを覚えている。ネットには、パンツも買えないのか、昔はパンツを脱がしたがる男がいっぱいいたのに、とおもしろおかしく揶揄《やゆ》する書き込みがあふれた。

そのときが、彼女が元は大スターだったと知った最初だ。まさか、彼女と大いに関わることになるとは予想しなかった。もちろん、望みもしなかった。

　ともあれ、それが久しぶりの彼女の芸能ニュース、週刊誌ネタとなり、親しい編集者が今はすっかり忘れ去られていた彼女の自叙伝を出すことを思いついた。

自叙伝といっても、ほぼ暴露本だ。交際した人気芸能人、有名文化人とのベッドでのことを必要以上にエロチックかつ微細に描写する内容だった。

　そう、ぼくがゴーストライターとして請け負ったのだ。そのため、ぼくは何度か彼女に会った。一応、事前に彼女について調べてはいたが、なれの果てとしかいいようがない現在の彼女に衝撃と動揺を隠せなかった。

　ネットで観た、全盛期の八〇年代、二十代だった彼女は神々しいという形容すら大げさではない美しさだった。ぼくも同世代なら、きっと恋をしたはずだ。

「わたしは永遠に歳を取らないから、今も二十歳なの。これは全能の神が決めたの」

　目の前で異様な目つきで支離滅裂な妄想をまくしたてる彼女は、おとぎ話に出てくる醜く老いさらばえた魔法使いのお婆さんだった。

　栄養と手入れ不足でぱさついた髪にはかなり白いものが混じり、肌もかさかさと粉を吹き細かな皺《しわ》に覆われ、服も商店街のワゴンで叩《たた》き売られているようなものだった。

百均で買ったようなプラスチックのヘアバンドだけが、蛍光灯に輝いていた。

　かつて理想的モデル体型ともてはやされた体は、痩《や》せて萎《しぼ》んだためになんだかお爺《じい》さんのような雰囲気になっていた。彼女が動くと、汗臭い体臭がもわっと立ちあがった。あまり風呂《ふろ》にも入ってないのだろう。

話していることもどこまで本当か妄想かわからないが、現実に大スターだった時代がある上に、数々の有名人と恋仲だったのは事実だった。すべて嘘とも決めつけられず、裏を取るのは大変だった。

ひととおりの取材を終えて執筆している最中も、しょっちゅう彼女からメールや電話が来て、ささいなことで呼びだされもした。

これはヤバいなと怖くなったしうんざりしたが、まだその頃はまともなところもあった。実はあの人とも関係を持ったとか、あの男とはこんなこともあったとか、おもしろい後日談を話してくれるときもあった。

とはいうものの、原稿が仕上がって本として発売されてからは、いっさい彼女からの連絡は無視した。書店回りや読者やマスコミからの様々な問い合わせは、企画した先輩の編集者が担当した。

彼女は先輩にはあまり妄想を抱かず、しつこくもしなかった。先輩のビジネスライクなにやにや笑いが、彼女の正気の部分を突いたのだろう。

暴露本は、かなり売れた。今までのぼくの仕事の中では、一番か二番の収入を得られた。他の仕事が安すぎるのはここではおいておいて、その印税で車も買い替えられた。

もちろん、本にぼくの名前は出ていない。彼女が書いたことになっている。

彼女はその印税でしばらくは生活も情緒も安定したのに、あっという間に使い果たすとすべては元に戻り、加速度がついた。老いにも、情緒の不安定さにも、妄想とぼくへの想いにも。

雑誌やテレビのワイドショー、いろいろなところで彼女は叩かれた。過去を暴露された元恋人の芸能人有名人の中には、すでに結婚した人や父親になった人もいて、済んだことを今さら一方的に蒸し返された彼らに同情が集まった。

そうして週刊誌に隠し撮りされた彼女が、見るも無残な老婆になっていると話題になり、嘲笑《ちょうしょう》され哀れまれ驚かれた。そんな報道と世間の反応が本人に、どれほどの打撃を与えたか。その結果が、今ぼくのところに来ている。

いったん、母親と小さなアパートにこもった彼女だが、あるときからぼくを訪ねて出版社に来るようになった。仕事で出入りしているだけの非常勤のライターだと、誰が説明しても聞く耳を持たなかった。

彼女は受付で、ぼくと約束があるといいはった。嘘をついているつもりはない。本当に約束したと思っているし、ぼくから熱心に口説いてお願いしたことにもなっている。

かつて、彼女には本当にそんな時代があったのだ。すべての男が美しいと誉め讃《たた》え、彼女が望みさえすればどんな男でも手に入れられたときが、現実にあったのだ。素晴らしいことで、残酷なことだ。

それが今では、誰からも顧みられず母親以外に話す相手もいない。自分で支払うことはなかった高級レストランでのＶＩＰ待遇から、スーパーの弁当を買うのも夕方の値引き後にしようかと迷うような生活になったのだ。そりゃ、そこまでの落差があれば彼女でなくても病むだろう。

妄想まみれの話しかせず、気味悪い媚《こ》びを見せたかと思うと激昂《げっこう》して怒鳴り散らし、号泣し、黙り込む。しまいには必ず、

「あんたの作ったインチキ本のせいで、人生むちゃくちゃにされた」

などと、恨み事を垂れ流す。原稿の内容に関しては、すべてゲラも見せて承諾を得た。

彼女は印税もかなりもらっている。もちろん、そんなことは面と向かっていえない。いえば、冗談でなく刺される。

そして彼女は、刺しても無罪になる可能性が高い。ぼくは刺され損、いや、へたをすると殺され損になってしまう。

彼女は今も自分が若く美人と信じ込んでいて、息子のような年齢のぼくが恋い焦が

れているというのも信じ込んでいる。

彼女にとっては残酷な、ぼくにとっては淡々とした事実だ。全盛期の彼女なら話が違ってくるが、彼女は母親と同い年だ。

しかも、普通の主婦であるぼくの母親の方がよっぽど若く見えるし小ぎれいだ。三十年前なら、うちの母親など彼女の引き立て役にすらならなかっただろう。

だから、ぼくは居留守を使うようになった。先輩の編集者達に、

「彼はここに所属も勤務もしてないので、今どこで何をしているかはわかりません」

と何度もいってもらったのに、彼女は一階ロビーのソファの隅っこに、ずっと座ってぼくを待っている。

知らない人からは地味な年配女性でしかないので、誰も気にも留めない。

大人しく座っているだけだし、強制的に叩きだすことはできない。次第に若手の社員や関係者にも正体は知れ渡り、

「可哀想だから、そっとしておいてやろう」

「ここで本も出しているんだしね」

と黙認されるようになっていった。そんな声が彼女に届けば、どうなるだろう。いや、誰からも無視される現状を、どのように受け止めているのか。少し、知りたくもある。

気にならない人間は視界に入ってもすべて見えないものとして無視するから、傷つくこともないのか。

ぼくが来ない、いないと悟ると、いつの間にかひっそりと帰っていく。

昔は分刻みのスケジュールで動き、何年も先まで仕事が入っていた彼女も、今では元日から大晦日《おおみそか》まで、朝から晩まで何もすることがない。

だから、決まった時間にはやってこない。その日の気分で、いきなりやってくる。だからたまに、ばったり偶然に出くわしてしまうときがあるのだ。

目が合ったら、どうしようもない。威嚇するような、怯《おび》えたような、どこか蠱惑《こわく》的なような、やっぱり邪悪さを丸出しにしたような、とにかく今も目力だけはある。

その目に囚《とら》われたぼくは、彼女と二人きりでエレベーターに乗るのも一室で対面するのも怖いから、大勢の人が行き交うロビーのソファで向かい合う。

「あの御方は」

ぎらつく目、甲高い声。来た。あの御方。いったいいつから、あの御方との妄想が生まれて発酵していったのか。取材中とその後に一、二度会ったときは、まだその妄想は萌芽《ほうが》してなかった。今は、発酵が進みすぎて腐敗に向かっている。

あの御方は、彼女と過去にも今にも何の関係もない。あの御方は彼女と会ったことがないどころか、存在すら知らないはずだ。

あの御方は、彼女の全盛期にはまだ生まれてもいなかった。

彼女があの御方と呼ぶ相手は、隣国の人気俳優だ。本国のみならず日本も含むアジア圏で今一番の人気と勢いを誇る若手で、ぼくより若い。

彼女とは完全に、親子ほどの歳の差だ。いや、俳優の母親は若くして出産しているので、俳優から見れば彼女は母親より年上となる。

今の彼女にかつての若さと美貌《びぼう》と人気があれば、本当に共演や対談の機会などあったかもしれないが、現実にはその機会が訪れることはない。

彼女も、隣国の人気俳優につないでくれそうなテレビ局の大物や出版社の有力者に取り入ろうとしていたが、すべて門前払い、電話にも出てもらえないし、建物に入ることすらできない。

唯一、つないでくれそうなマスコミの仕事をしている人、ただ一人会って話を聞いてくれる出版関係者がぼくなのだ。

そんな細すぎる糸にすがられても困るが、それでも最初のときはあの御方と対談させろとか、あの御方との写真集を出せとか、実現は無理で無茶だが彼女の過去を思えばぎりぎり現実とつながりそうな内容ではあった。

それが二度目から、完璧《かんぺき》に病的な妄想になった。あの御方とは前世でも夫婦だった。あの御方と私はともに銀河を支配する。二人で宇宙を救済するプロジェクトを組む。

もちろんぼくもその俳優は知っていたが、興味はなかった。彼女の妄想がひどくなってから、一応は検索してみた。

俳優は同国の人気モデルと噂になったかと思ったら、あっという間に婚約し、結婚は秒読みだった。彼女は恋愛妄想に、被害妄想を暴走させた。相手のモデルをあの女と呼び、仮想の恋敵として呪詛《じゅそ》している。

「呪っているのはあっちよ。あの女よ。あの女の怨念《おんねん》が、私に取り憑《つ》いたの。悪魔の手先であるあの女が、私の体を蝕《むしば》んでいる。あの御方にも、魔の手は迫っている」

あの女の人面瘡《そう》ができた。これを聞かされたときは、心の底から戦慄《せんりつ》した。もう手遅れだ。人面瘡ではなく、彼女の心が。

人面瘡。妖怪《ようかい》なんだか悪い病気なんだかわからないが、顔の形の腫《は》れ物として昔から知られている。しゃべったり食べたりするともいう。

その人面瘡を、ぼくに取り除いてくれというが、じゃあ見せてくれとはいえない。陰部にできている、というのだ。つまり診てくれというのは、彼女のその部分を見なければならない。彼女はぼくに見せたいわけで、それはぼくの妄想ではなく、彼女はぼくと体の関係を持ちたいゆえなのだ。

「医者に行って下さい、良い医者を紹介します」

何度繰り返しても、通じない。一度本当にその部分を見て撫《な》でて、治すふりをしてやれば気が治まるか、そう迷う瞬間もある。でもそれはやっぱり、怖い。強引に体の関係を持たされるなんてのも嫌だが、何もしてないのにあいつに脱がされた、さわられた、襲われた、などといいふらされてもかなわない。彼女は嘘が平気だ。というより、嘘は自分の中でだけ真実になってしまうのだからかなわない。

何よりも、人面瘡。なんとなく、本当にありそうな気もしてきた。本当にそれがにやりとして口を開き、ぼくの一番いわれたくないことをしゃべったらどうしよう。

「やっと会えたわねぇ。ていうか、あなたはわたしを待ちこがれていたでしょう」

帰宅してすぐアパートの向かいのコンビニに行き、ラーメンやコーラを買って戻ってきたぼくは、比喩《ひゆ》ではなく玄関で腰を抜かした。

「いつ会えるかわからない会社に行くより、自宅の方が確実だと気づいたの」

部屋の真ん中に、彼女がいたのだ。徒歩一分のコンビニに行くときは、昼夜関係なくドアに鍵《かぎ》はかけないが、一度も泥棒に入られたこともなかった。

「わたしが来てあげたんだから喜びなさい。やだ、このわたしが不法侵入ですって。なにいってんの。わたしを誰だと思ってるの。鍵も開いてたし。それって、わたしに入って来てほしいからわざとでしょ」

まさか、彼女に自宅に来られるとは。そして、前妻との思い出のクーラーボックス。

「今日は会社の中に入らず、外で待ってたの。そしたらあなたが出てきて、後をつけたの。わたしの腫れ物はもう、消えてなくなったわ。あなたに会おうと会社に毎日通ううちに、それが治療になってたのねぇ」

よりによって、彼女にあれを見つけられてしまうとは。

「でも、それよりびっくりなのは、これって巨大な人面瘡を切除したとかじゃなくて、前の奥さんよね。会社の人に聞いたわ、あなたは離婚してて、元奥さんは行方不明だって。変なクーラーボックスがあったから、つい開けてみただけ」

これは、彼女がしゃべっているのか。彼女の人面瘡がしゃべっているんじゃないか。

「体は、あなたの故郷の山の中」

いや、しゃべっているのはクーラーボックスの中の……。

「この生首、人面瘡じゃないよ。本物の人面」

人《ひと》妻《のめ》、死にて後に、本《もと》の形となりて旧《きゆう》夫《ふ》に会ひし語《こと》

（巻第二十七第二十四話）

京に貧乏だが仲のいい若い侍夫婦がいた。あるとき、地方長官からお声がかかり、侍は任国に随行することになった。貧乏から脱出する絶好の機会だったが、最愛の妻を捨てなければならない。罪悪感を抱えたまま新たな妻と任国に下った。やがて任期を終えた夫は前妻のもとに急ぎ、互いの愛を確かめ合ったが、朝目を覚ますと抱いていたのはミイラ化した前妻であった。

三十年以上、一緒に暮らした女。結婚式も挙げず籍も入れていなかったが、当人同士も周りも似合いの夫婦だと思っていた。

その女が死後、無戸籍だったとわかった。

三十年も家族として暮らした相手が、何者だかわからない。その女の死と愛の物語はいっときワイドショーでも週刊誌でも取り上げられ、ネットでも騒がれた。

元はといえば、長年連れ添っていた女が病死したのに男は放置して逃げ、死体遺棄

で逮捕されたところから始まっている。

男は高齢のため年金暮らしとなり、それまで細々とパート仕事に出ていた女も体を壊したこともあり、自宅にこもっていた。

急激に女は衰弱していき、まだ五十代半ばなのに足腰が立たなくなり、トイレにも一人では行けなくなった。男は甲斐甲斐《かいがい》しく、すべての世話をした。

二人はおよそ三十年前、遠く離れた地方都市で出会い、スナック勤めをしていた女は五歳くらいの息子を置いて、男と駆け落ちした。

職場と住居を二人で転々とし、十年くらい前から終《つい》の棲家《すみか》となる古びた安アパートに落ち着いた。倹《つま》しくも睦《むつ》まじい、温厚な夫婦と見られていた。

ただ女は、住民票を移さず保険証も持とうとしなかった。女が就く仕事は常に、きちんとした身分証明が要らないものばかりだった。

いよいよ病状が悪化し、元の居住地で身分証明書をもらって保険証を作り、通院しようといい出した男に、女は決して首を縦に振らなかった。

「あれこれ、過去と身元を詮索《せんさく》されるのが嫌。昔の自分は切り捨てたい。このまま、あなたの妻として静かに死にたい」

そうしてある寒い朝、男におかゆを食べさせてもらって、おいしい、とつぶやき、こと切れた。寂しく、安らかな死だった。

男は女の死を認めたくないのと、恐ろしさが押し寄せてきたことで、誰にも女の死を知らせなかった。遺体はベッドに安置し、大量の消臭剤を買ってきて周りに置いた。大家や近所の人には、妻は実家のそばの病院に入院させたといった。

実に一年近くを、男は女の遺体のそばで暮らしたのだ。

女の姿を見かけなくなっただけで、男の生活や様子は変わりなかった。近所の人に、今日は病院に妻の見舞いに行くとにこやかに話したこともあったという。

ところがアパートの老朽化で取り壊しが決まり、住人は立ち退《の》きを迫られた。その期限が明日《あした》に迫ったとき、男は女の遺体を放置して逃げた。

翌日、ほぼ白骨化した女の遺体は発見され、付近にいた男もすぐに捕まった。

世間の耳目を集めたのは、ここからだった。女の身許《みもと》が、まったくわからないのだ。本名も生年月日も本籍地も、何もかも。

警察は、二人が出会った場である地方都市のスナックなども調べたが、店自体もうになくなり、関係者も死亡したり遠くに行ってしまったりで、どうにも探しようがない。

昔は銀行口座を作るのも簡単で、女への給与はそこに振り込まれていた。男には平凡な名前を本名として教え、男と一緒になってからは男の姓を名乗っていた。

拘置所にいる男に、思わず警官は謝ってしまったという。

「ごめんな。奥さんの身許はわからない」

世間も、男を責める人は少なかった。駆け落ちだったこと、女が子どもを置き去りにしたこと、男が女の遺体を放置して逃げたことは、三十年連れ添って晩年は男が献身的に介護して最期を看取ったというので、相殺されたのだ。

何より、女の「無戸籍」だ。そんな人が普通に生きていたんだと、言葉の響きとともに多くの人が衝撃を受けた。無戸籍。乾いた空疎な響きもあり、得体の知れない不気味さもあった。あらゆる事実と状況を、無戸籍という言葉が覆い隠した。

しばらくして、司法解剖や様々な状況証拠から、女は死亡時に五十五歳ではなく六十五歳だったのではないか、という記事が出た。

案外、女は身元や本名よりも、男に本当の年齢を隠したかったのかもしれない。

オカルト好き、ミステリー好きによってネットで取り上げられ、様々な推理や憶測を呼んでいたが、テレビや雑誌などではすぐに忘れ去られていった。

妻だった女は事件性なしの病死と断定され、身元不明者として共同墓地に埋葬された。夫だった男は死体遺棄などで懲役刑はいい渡されたが執行猶予がつき、釈放された。その後の消息は、まったくわからない。

――今、ニュースやなんかでちょっと騒がれてる、無戸籍の女。

あの女、俺は知ってる気がする。いや、知ってる。

その後の報道でもいわれてたけど、本人が十歳くらい若くサバ読んでた。死体を放って逃げた男と出会ったとき、二十五歳なんかじゃないよ。俺の知ってる女だとしたら、絶対に三十は軽く過ぎてたから。

本人が強く何歳だといったら、よっぽど無理がなきゃなんとなく信じてしまう。特に相手が、好きな異性なら。

ていうか、駆け落ちした女は、我が子である小さな男の子を置き去りにしてんだよ。

それもきっちり報道されてんのに、なんでかすっぽりそこんとこが抜けてる感じ、あれなんなんだよ。純愛物語、真の愛情があった話、好きな人に看取られて幸せだったね、みたいないい話にされちゃって。

女が浮かばれないんじゃなくて、男の子が浮かばれないだろ。

あの女の話をするとなると、まずは女の母親から始まる。そこからもう、根無し草だ。

あの女の母親は戦時中に一家でアジア某国の田舎町に渡っていて、戦争が終わった後で現地の一家に養女に出された。親は日本に逃げ帰り、消息不明だ。

日本人なんだけど某国の人間として、その女の母親は育った。そういうの、当時はいっぱいいたって。労働力として、現地の男の嫁として。残留した日本人は苦労した。

その中の一人として現地の男と結婚し、子どもが生まれた頃、そう、その子どもが今回騒がれた女だ。その女の子だけを抱いて、日本に戻った。

というより、某国を命からがら脱出した。本当は祖国なのに、日本へは不法入国だ。今でこそ某国はブイブイいわせる経済大国になったけど、ちょっと前までは庶民はたいてい貧乏、極貧の層も分厚かった。いや、今も女の故郷の農村は貧しい。あまりの寒冷地で昔は米ができなくて、饅頭《まんじゅう》や餃子《ぎょうざ》やとうもろこしが主食だった。

その女の母親は敵国でも侵略者でもあった日本人なんだから、某国の言葉で生きてきたといったっていじめられる。

その女の母親は、結婚した某国人の旦那《だんな》にもその親にも、虐待に近いことをされたんだって。もちろん、そんな人ばかりじゃない。我が子のように大事に育ててくれる養父母もたくさんいたし、日本人妻を愛する旦那だって多かった。

日本に戻っても血縁関係にある人達は離散していて、また苦労を強いられた。こういう辛酸を舐《な》めた人達もまた、当時としては珍しくはなかったとしても、あの女と母親はいつでも巡り合わせってのが良くないんだな。

あの女と母親は、戸籍も頼る親族も家も金も何もなかった、その事実だけが厳然としてあった。ただ、その女の母親はまだ若さはあった。そこそこきれいでもあった。ここ、重要かな。サバイバルには武器がいる。巡り合わせの悪さは、武器で補う。まずは、女であることだ。若くてきれいで女なら、丸腰でも攻撃力は高い。

母娘《おやこ》は、身分証明が必要ない場所を転々とするうちに日本語も覚えていくんだけど、ある温泉旅館に枕芸者として住み込んでいるとき、似た境遇の女と知りあった。

もう一人の枕芸者は、やっぱり暴力を振るう旦那から逃げてて、小さな女の子を連れていた。枕芸者によると、

「親兄弟はいたけど、生き別れに死に別れて、親族はもはやいないといっていい。各地を転々としていて、この地にも親しい人はいない」

とのことだった。

二組の母と娘は境遇だけでなく、背格好も顔だちも似ていた。年齢はぴったり同じじゃないけど、母娘ともに二、三歳の差。もう、ここんとこでピンと来ただろ。

そう、可哀想な枕芸者とその娘を殺して、あの女とその母親はなり済ましたんだよ。なり代わったんだよ。戸籍、母娘ともに乗っ取っちゃった。

海に捨てたか山に埋めたかバラしてゴミとして出したか、とにかく気の毒な枕芸者とその娘はこの世から消えた。いや、別の母と娘として生まれ変わったともいえるか。

恨みを買わなくたって、悪いことをしなくたって、たまたま悪い奴に出くわしたばっかりにカモにされたり消されたり、ってこともあるんだ。そういう悪い巡り合わせってものは、どうしようもないね。

怖いことに戸籍の上では、母娘は何事もなく存命している。中身が変わっただけ。新しい戸籍と名前を手に入れ、その女と母親はまた別の地に逃げた。娘の方は母親が殺した女の子を名乗らせて小学校、中学校に通わせた。物心つかない頃に行われたことなんで、ここんとこに本人の罪はない。

それが二十歳を過ぎた頃、母親が自殺してしまった。死の前日、女は母親からすべてを打ち明けられたって。もちろん、強い衝撃を受けた。

「あたしらは、生きたまま死んでる。死んでるのに、生きてる」

母親が人殺しで、殺した人達の戸籍を乗っ取り、自分もまた殺された子のなり済ましになっていたなんて。母親の殺人も悪事も怖いが、自分はいったい誰なんだ。自分は自分じゃなかった。これも、恐怖だったろう。

ごく短い間だけあった本名は、覚えていない。物心ついてからずっと名乗ってきた、見知らぬ女の子の名前こそが自分には本名だ。

その女の母親が生まれ育った国には、魔物に本名を呼ばれてうかつに返事をすると、ヒョウタンに吸いこまれる、なんて昔話があったって。

警察に行って打ち明けて、たとえ自分は罪には問われないとしても、今さら別人になるのはとにかく怖かった。ややこしいけど、今の状態が別人を生きているわけで、警察に行けば本当の自分に戻れるかもしれないのにだ。

母親は死の前日には、

「このまま何食わぬ顔で、この名前と戸籍で生きていけ」

といったって。翌日、女の母親は橋から川に飛び込んで死んだ。今と違って防犯カメラもなく、外灯も乏しく、目撃者もいなかった。

橋の上にも遺体にも争った跡はなく、遺書もなかったが自殺で片付いた。何より娘が、

「母は前日に死にたい、死ぬともらしてました。かなり昔から、憂鬱《ゆううつ》な精神状態が続いてたんです。薬も酒もかなり飲んでました」

と警察に話したことも大きかった。実は、女の母親はそんなことはいってない。だけどそれもまた、証拠はない。証明もできない。でも、娘が母親の死を自殺としたい理由も、警察には見いだせなかった。薬と酒を飲んでいたのも本当だった。

一人ぼっちになった戸籍を持って、女は一人ぼっちで生きていくことになった。その女の母親になり済まされた枕芸者は、今度こそ本当に死んだ。二度、死んだ。

母親と同じように夜の街を転々としていた女は、地方の商店街の小さなスナックに流れついた。身分証明も要らない、本名を名乗る必要もない。

常連客に、妻には先立たれ、子ども達はみんな独立している一人暮らしの老人がいた。

仲が悪いのでもないが、そんなしょっちゅう子どもや孫達と会うこともなく、寂しいからとその店に入り浸っていた。

女はなかなかやり手で、いつの間にかスナックの雇われママにまでなっていた。それまでのママが、不意にいなくなったというのもあるが。

なんでいなくなったかは、これももう怖いというより面倒だから、俺は詮索《せんさく》しない。

女は小金を持っていた老人と、正式に結婚した。考えてみれば、自分のは他人の戸籍だ。本当は、正式な結婚じゃない。

老人は、子どもらに結婚を伝えなかった。財産分与だのなんだので、面倒なことになる、財産狙いに決まっていると結婚を反対される、と、これは妻となった女よりも老人自身がいい張って決めたそうだ。これは、本当だと思う。

ともあれ女と老人は、晴れて夫婦として新居に引っ越していった。ところが一年も経たないうちに、老人は亡くなった。

老人といわれる年頃だったし、持病もあった。あからさまに怪しい死に方ではない。粛々と決められた手続きに従い、女は夫であった老人の死亡届を出した。妻として、老人を茶毘《だび》に付した。遺体を放置して、逃げたりはしなかった。

ところが、たまたま老人の子どもが何かの用事があって戸籍を取り寄せ、驚いた。父親が、知らぬ間に死んでいたからだ。

子ども達は、父親の死を何一つ知らされていなかった。父親はいつのまにか死んでいて、知らない間に火葬もされ、公営の共同墓地に納骨もされていた。それだけでも充分すぎる驚きなのに、父親は見知らぬ女と結婚もしていたではないか。

すぐに届け出て、事件として捜査は始まった。老人は病院ではなく自宅で亡くなったので検死が行われ、遺体の写真も撮られていた。

警察にそれを見せられた子どもらは、またまた仰天。

「これは、うちの父親ではありません、見知らぬ他人です」

調べていくうちに、老人と女は結婚して最初に住んだアパートを五か月ほどで出ていき、ほど近い別のアパートに移っていたのがわかった。

そうして、前のアパートにいた老人と、次のアパートで女の夫と見られていた男がまったくの別人であったことも、関係者の証言からわかった。

つまり、前のアパートにいたのは本物の老人。次のアパートに住んでいてそこで亡くなったのは、老人を装った別人ということだ。

調べが進むうちに、老人の子どもらの住民票が勝手に何者かによって動かされていたり、印鑑も偽造され相続放棄や登記簿の書き換えまでが行われていたのもわかった。

やがて判明する。老人として火葬されたのは、天涯孤独な日雇いの人達が多く居住する地域で捕まえてきた替え玉だった。

女が身寄りのない日雇いの男達に片っ端から声をかけていたのは、証言者、目撃者がかなりいたことでわかった。

いいなりになる替え玉を用意してから、もはや邪魔なだけの小金持ちの老人を殺す。そして意思のない大人しい替え玉を、金が動く様々な書類の書き変えを行った後、老人として死なせたということだ。

今もって、老人の消息はわからない。死んでいるのは間違いないが、遺体が発見されていない。だから、これは殺人事件にならない。自らの意思で出ていったということも、絶対にないとはいえない。ないだろうけど。

この女はいつの間に、そういう綿密な計画や用意周到な犯罪が行える知識や実行力を身につけていったんだろう。必死に学んだのではなく、生き抜いていくうちに自然と備わったのかもしれない。

しかし本人の物心がつかないうちのあれこれに罪はないとしても、大人になった後は死刑になってもおかしくないことを自覚的にやらかしてしまっている、あの女は。

警察は妻となっている女を容疑者と断定して指名手配しようとしたが、これまた戸籍と別人なのがわかる。スナックの雇われママと、戸籍上の女はまったくの別人。

戸籍の女と近しい親族を探し当て、スナックのママの髪の毛などでＤＮＡ鑑定をしたら、血縁関係はいっさいなし。とりあえず、この名前を名乗っている女として指名手配をした頃、女はどこか遠くに逃亡していた。

色仕掛けでヒッチハイクだ。いろんな男と車を乗り継いで、ひたすら遠くに遠くに逃げた。女の母親が生まれ育った某国の途方もない大地に比べりゃ、狭い島国で。

そうして女は、いつの間にか男の子を産んで連れていた。どの男の子どもなのか、本人にもわからなかったんだろう。

結婚するつもりがあったから産んだのか、気がついたら堕胎できない時期になってただけか。いずれにしても、男の子を産んだ。

その子を連れたまままある地方都市で、長く連れ添うことになり、最期を看取ってもらう男とついに出会った。

この男とも、ただそのときを生き延びるために利用しようとしただけなのか、意外と相性がよくて長続きしたのか、それとも互いに本気で惚《ほ》れたのか。

ちらっとでも、捨ててきた息子のことは考えたのか。

そのときはもう、身分証明書もすべて捨てていたし、別名を名乗っていた。演歌歌手みたいな、といつもみんなにいわれる名前だった。覚えてないけど。

嫌な気分になるけど、死体を放置して逃げたとはいえ、三十年も連れ添って最期を看取《みと》ってくれた男のことは本当に好きだったのかもしれない。

男も、女を愛してたんだろう。なんとなくだけど、死んだ後も毎晩、抱いていた気がする。死体の始末に困って、死を知られたくなかった、というより、妻を毎晩抱きたかったんじゃないか。

抱かれている女は、そのときだけは腐ってもないし白骨化もしてなくて、いい女のままだったんだ。

そういう俺は何者かって。ほら、死んだ女は駆け落ちする前、五歳くらいの男の子を連れてたっていうだろ。あれだよ、たぶん。

なんかぼんやりと、お母さんと呼んでた女と一緒にいた記憶がある。日が暮れると着飾って化粧する母。いろんな男を連れこんでた母。感情的に怒鳴り散らしてた母。泣きながら抱きしめてくれた母。

母の身の上話も、なんでか詳しく知ってる。覚えてる。本人に聞いたのか、周りの人に聞いた話を継ぎ接《は》ぎしてるのか。

日本語ではない言葉を話す、怖い男達がいたような気もする。あいつらに聞かされたのか。まさかね。その中に、俺の父親がいたら嫌だな。

母の元に通ってきた男達の中に、今回捕まった男もいたのかな。あいつだ、と特定はできない。すべて、記憶の中では影法師。男達の区別がつかない。

ある日突然、お母さんと呼んでた女がいなくなって。俺は他に身寄りがないどころか、同じく戸籍がなかった。母がいつの間にか、誰ともわからない男との間に産んで て、出生届も出してなかったんだから。

せっかくぶんどった大事な戸籍に、欲しくて産んだんじゃない父親のわからない子を入れるのは嫌だったのかな。いや、もう別人とバレてたからな。入れられないよ。

そんなわけで出生届が出てなかったから、正確な生年月日も名前もわからなくて、もしかしたら実の子じゃないって可能性もあるから、捨て子扱いっていうか、両親は不明として生年は検査の結果でおおよそを推定された。

誕生日は、バレンタインデーにされた。なんか、母がちょっと勤めてた店で、うちの子はバレンタインデー生まれといってたのを何人かが覚えてたから。

いや、適当な嘘だと思うよ。この子はクリスマス生まれとか七夕生まれとか、適当なこといって客からプレゼントせしめてた気もするし。

名前は、戸籍を作った区の区長さんが付けてくれた。まあ、気に入っている。適当感もないし、変に凝ってキラキラもしてないし。

残念なことに、お母さんと呼んでた人から俺が何と呼ばれてたかは覚えてない。

高校まで、施設で育った。高校と施設を出てからは、俺も各地を転々とした。何度か逮捕されて、刑務所に入ったこともある。

いろんな女と暮らした。でも、結婚しようとなったのはあの子だけだ。あの子も、俺ほどじゃないけど恵まれない家庭環境で、親兄弟との縁も薄かった。

あの子はパチンコ店に住み込みで働いていて、俺も内勤スタッフに雇われた。同僚達は互いの仕事や過去を詮索《せんさく》もしないし、問題にするわけはない。

そんな二人で、一緒に暮らしてみることになった。しばらくは、本当に楽しく満ち足りていた。幸せな家庭ってのは平凡な家庭ってことなんだなと、しみじみ感じた。

だけど、なんだろう。俺を生み出した奴らのせいにする気はないから、変な血が騒いだといってしまおう。

店に営業で来た芸人が呼んでくれた合コンに、けっこう知られたタレントが来た。特にファンだったわけじゃないのに、やっぱり可愛いなぁと近づいたら。なぜか、気に入られてしまった。

俺は、舞い上がった。タレントはいいマンションに住んでいい暮らししてて、しばらくは結婚もするつもりだったあの子と二股《ふたまた》をかけた。

最初はあの子とタレントとでは、気持ち的にはあの子が多めの半々くらいだったのに。

次第に割合が変わっていって、完全にタレントの方に傾いた。そのとき、あの子と同棲《どうせい》してた部屋を出て、タレントの部屋に転がり込んだ。店は、黙って辞めた。

初めて贅沢《ぜいたく》を覚えて、豪勢な暮らしってのを味わって、もう貧乏などどんよりした地味な暮らしは嫌だと泣きそうになった。

高層階から見下ろす街並みは、やっと俺はいるべき場所に来たぞ、と高ぶらせてくれた。ほんっと、地を這《は》う暮らしだったからな。

タレントと一緒にいると、注目されてちやほやされて、特別扱いもされるし。そんなの初めてだった。一目置かれるとか、人にうらやましがられるとか、嫉妬《しっと》されるとか。

内縁の妻といってもよかったあの子もしばらくは、あなたを信じるといっては泣き、帰ってきてと怒ってわめいたりしてたけど。

「あなたの幸せのために、身を引くわ」

といってきた。胸は痛んだし罪悪感もあったけど、タレントとの生活が刺激的でおもしろくって、すぐにあの子のことなんか忘れた。

泥沼の喧嘩《けんか》をしたんじゃないし、あの子は俺に惚れきっていた。連絡を取りあっていたから、不意に戻っても受け入れてもらえるような甘ったれた期待もあった。

仲のよかった同僚に聞いてみたら、あの子も出勤してこなくなったようだ。なんか、不安と安心とが両方来た。

元同僚によると、二人で住んでたアパートにはまだ一人で居続けてるらしい。

妙に気になって訪ねてみたら、本当に別れたときと見た目も態度もまったく変わりない感じで待っててくれた。まるで昨日まで一緒にいたような、甘い雰囲気だった。

「もう、あっちには帰らない。お前と、ここにいる」

「きっと帰ってくると信じてた。だから待つことは、ちっとも苦じゃなかったわ」

抱きしめると、なつかしい匂いとぬくもりがあった。その日は抱いて寝たよ。寝入るまで、抱き合っていろんな話をした。

でも、本当に一晩だよ。放置なんかしてないって。

だから、どうして死後一週間で異臭に気づいた近所の人に通報されて、なんて展開になったのかもわかんない。

ましてや、俺が殺したなんて話になってるのが、マジ意味わかんない。しかも俺が、腐ったあの子を抱いていたとか。俺、そんなおかしくなってないって。

あっそう、タレントの子のほうは、俺なんか全然関係ないといってんだ。まぁ、そりゃ仕方ないな。タレント生命もかかってるし、ばっさり切るよね、俺なんか。

あの子と違ってタレントは、やっぱりあなたを信じて待つわ、なんていってくれる女じゃなかった。でも、腹は立たない。俺なんかでごめんね、って感じ。

だからあの子と別れ話のもつれだなんて、そんなのないよ。一方的だったけど、俺からの別れ話をあの子も納得して、すんなり受け入れてくれたんだし。タレントに捨てられてのこのこ戻ってきたら、きつく拒絶されて喧嘩になって、ってそれも違う。

そういえば、無戸籍の女の事件。あれは近所の人も、まったく臭いに気づかなかったのかな。市販の消臭剤って、そんなに効くのかな。

……独房に一人で寝ていると、隣にふっと誰かが寝ているのを感じる。きれいな女じゃなく、好きな女でもなく、死んだ女だ。

でも、腐ってるというより、白骨化してる。じゃあ、あの子じゃなくお母さんかな。女の死体を俺が抱くんじゃなくて、俺が女の死体に抱かれてる。やっぱり、これは五歳の頃に別れたお母さんなのかな。

俺も、待ってたもんな、お母さんを。絶対に戻ってくると信じてたから。あの子と同じだ。待つのは苦じゃなかった。

近衛舎人《このえのとねり》どもの稲荷詣《いなりもう》でに、重方《しげかた》、女にあひし語《こと》

（巻第二十八第一話）

伏見稲荷《ふしみいなり》神社に参詣《さんけい》に来た近衛の武官、茨田《まんた》重方は、なんとも華やかな衣装をきた女性に出会った。妻とのいざこざの絶えない女たらしの重方は身をすり寄せて女を口説きはじめた。あの手この手で口説く重方に、女はいきなり頬を張った。驚く重方が女の顔を仰ぎ見ると、なんと自分の妻が変装した姿だった。必死に妻をなだめにかかったが、許される気配はまったくなかった。

——死の間際に、しゃべろうか。でも、誰に。

あれから四十年近く経ち、事件のことを覚えている人はかなり少なくなった。けれどネットで検索すれば、まだ出てくる。恐ろしい未解決事件として。

いや、それどころか根強い一部のマニア達がついていて、飽きずに堂々巡りの推理を戦わせ、珍妙な新説だのなかなか説得力のある新情報なども披露《ひろう》しあっていた。どれも犯人から見れば、いいところは突いているものの、ぎりぎりまでには迫ってきて

ない。

あの頃はまだ、時効というものがあった。

そして彼は、逃げきったのだ。警察も、とうに捜査は打ち切った。このまま彼が黙っていれば、永遠に犯人は不明のままだ。

あの頃、彼は付属の小学校から上がった名門私大を二留中だった。荒《すさ》んでもおらず退屈でもなかった。ただ、いろんなものに飽きていた。

親に買ってもらった高級車を乗り回し、夜な夜な都心に出てナンパに励んでいた。それだけは退屈もせず、飽きもしなかった。

大学に行くつもりも卒業する気もあったが、現在にも未来にも焦ってはいなかった。何をしなくても何をするにしても、すべて親がお膳立《ぜんだ》てしてくれ、尻拭《しりぬぐ》いしてくれる。深夜の繁華街にいる家出少女、当時の人気風俗だったノーパン喫茶の子なんかは、いいホテルに泊めてやる、車で送ってやると誘えばほとんどがついてきた。優しくしてやった子もいれば、ひどい目に遭わせた子もいた。すべてはそのときの彼の気分次第だ。高価なバッグを買ってやるのも、半殺しの目に遭わせるのも。

どちらも、継続はなかった。気にいって付き合う子も、何度も嬲《なぶ》りものにする子も。

彼は、本当に飽き性なのだ。

防犯カメラもドライブレコーダーも、スマホもない時代。女の子に無茶なことをしても、トラブルを起こした女の子を置き去りにしても、突き止められることはほぼなかった。二度と会うこともなかった。会っても、知らん顔で済む。

その日も彼は、東洋一の歓楽街と呼ばれる街のディスコで二人の女の子を引っかけた。

どちらも遊びに来ているというより、家出中だった女の子達は、その繁華街を自分達の遊び場と呼んで入り浸っていた。

二人はここから車で二時間ほどの地方の中学に通っていて、どちらも高校進学なんかしない、みたいなことをいっていた。

当時の人気アイドル歌手の髪型を真似て流行《はや》りの格好をし、背伸びした化粧をしていたが、どちらも小柄で小太りで田舎っぽい童顔の、いかにもその地方の不良娘だった。ものすごく悪に染まってはいないが、非行には慣れきった子達だった。

ディスコで二人と踊った後、久しぶりに家に帰りたいとどちらかがいい出し、彼は車に乗せた。何日もろくに寝てなかった二人は、後部座席ですぐに寝いった。

ミラー越しに見ても、二人は姉妹のように似ていた。どちらがタイプ、どちらが美人、どちらがムカつく、という分類や区別はなかった。

一人が急に目を覚まし、素っ頓狂《すとんきょう》な声を上げた。

「あんたを知っている」

初対面だよ、と運転しながら前方だけを見て答えた。かなり、嫌な予感がした。

「先月、ナンパされて小遣いもやるからってホテルに行ったけど、あたしの首絞めて気絶させて、バッグのお金を盗《と》って逃げた男にそっくり」

予感は的中というより、ずばり事実を暴かれてしまった。身を起こして、その子はミラー越しににらみつけ、凄《すご》んできた。

「あたしを覚えているよね」

「全っ然。今日が初めて」

そのときのやり取りは、はっきりとは覚えていない。もう一人の子は、その間ずっと眠っていた。寝たふりをしていたのかもしれない。

サイクリングコースという看板が見えた。遊歩道に、小高い丘。そして、外灯は並んでいるものの、まったく人通りのない道と、密集する草むら。

彼はその夜、例によってなんとなくそのときの気分で、二人にはただ優しくしてやるつもりだった。車で送り届けたらそのまま自分だけ引き返して、別の繁華街に繰り出して次の子を物色するつもりだった。

彼の中の気持ちの変化で、思いがけない予定変更。突如として、今までなかった感情が芽生えた。殺意だ。

抑えきれない憤怒《ふんぬ》や制御不能なものではなく、あ～なんか殺してみたくなった、という、思いつきだ。まるで晩ご飯はフレンチじゃなく中華にしようかな、くらいの。

車を停め、二人して外に出た。なんといって外に出したかも、覚えていない。ひどく蒸し暑かった。凶暴なほどの熱波にまとわりつかれた。

その中で彼は脅してきた方の女の子を殴り、馬乗りになって首を絞めた。子犬ではなく、中型犬ほどの抵抗を見せた。

「おまえ、せっかく俺が優しくしてやるモードだったのに」

生臭い風、やけに鋭い虫の声、刃物めいた半月、狐みたいな獣が目を光らせた後、走り去った。すべてが暗い夢の中の出来事のようだった。

動かなくなった女の子を放って車に戻ると、もう一人が震えながらも必死に寝たふりをしていた。いや、死んだふりだった。そちら側のドアを開け、彼はささやいた。

こちらは、最初から殺す気はなかった。手も痛かったし、遊びはやめて帰って早く寝たくなっていた。

「何も見なかったことにしてくれるなら、お前は助けるよ」

生きている、そして生きたい女の子は、固く目をつぶったまま、うずくまりながらもうなずき続けた。そのまま外に出ろ、と彼は命じた。

「気がついたら、友達が死んでた、ってことにしろ」

女の子を、すでに死体となった友達の隣に座らせた。とにかく従順に、その女の子は目をつぶったまま無言でうずくまった。彼は車に戻り、発進させた。

一線も越えて、それでも落ち着いている俺ってかっこいいな。次第に興奮してきたが、激しく疲労も感じていた。ハンドルを握る手が、どんどん重くなってくる。

やっぱり、あんなのでも殺すとなると体力を使うんだな、何事も経験してみなきゃわかんないや、とまた一つ大人になった気もした。

だから、自宅のベッドに倒れ込むと、草むらの悪夢に分断されながらも眠った。起きればすべて夢になっているかもな、と甘い夢も見ながら。

翌朝、さっそく事件は報道された。繁華街で連れ去られた二人の女子中学生のうち一人が遺体で見つかり、もう一人は無事だと。犯人は逃走中。

「逃げた男は大学生風、二十代前半、上下ともに白っぽい服装、百七十センチ前後、浅黒く痩《や》せ型。アイドル風のカットで黒髪。車は白っぽいスポーツカー」

といった報道には、さすがに全身が冷たくなった。親は息子親は息子の乱行や夜遊びは知っているが、いくらなんでも息子とそのとそのニュースを結び付けたりはしなかった。

「女子中学生が、そんな夜更けまで遊んでいるなんて」

「子どもが夜中にいないってのに、親は何してたんだ」

と、放蕩《ほうとう》息子と甘すぎる自分達を棚に上げ、眉《まゆ》をひそめただけだ。

彼はすぐ、美容院に行って坊主に近いほど髪を刈りこんだ。いきなり新車は買ってもらえないので、しばらくは適当な理由をつけて父親の車を借りた。

当時はネットなどないから、とにかくテレビでニュースを見て、事件が載ったスポーツ紙や雑誌を買って読んだ。そこで、殺した女の子の本名も知った。

生き残った方は、友達の悲鳴を聞いて車外に出たらもう死んでいた、男はそのまま走り去った、と証言したそうだ。あの子は彼との約束を守り続けている。恐怖に支配されて。

まるで彼を応援するかのように、報道では犯人の男の凶行よりも、無軌道な家出少女達の非行、そちらの方に重点が置かれていた。

それでも彼は、夏にもかかわらずいっさい海やプールには行かず、白い肌に戻した。好きだった白い服装もやめ、黒や赤を基調にしたものに変えた。

あの繁華街にも、しばらくは近づかなかった。遊び場は、他にもたくさんある。

今ならネット上で、様々な犯人の推理も広がっただろうが、当時は最初に流れた「浅黒く痩せ型、アイドルみたいな髪型で白い服の大学生風の男」で固定された。

あいつが怪しいと、噂はされた。彼の夜遊びは学内や、遊び仲間の間でも知られていたのだ。そして、身内に政治家や財界人が多い父親が警察やマスコミ、あらゆるところで息子の不祥事の隠蔽《いんぺい》を図ることができるのも。

何度か、警察が簡単な事情聴取ですと自宅に来た。親は顔色を変え、身内にいる大臣や政治家の名前を挙げつつ、うちの息子は関係ないといい張った。

しかし、親は徐々に何かを感づいていった。兄や姉は、冗談めかしてあんたの遊び仲間じゃないの、などといったが、親は決して息子に向かって、お前じゃないよな、などと聞かなかった。

聞かないところに、親の苦悩と決断があった。夏休みが終わる頃、彼は休学させられ欧州の大学に留学させられた。言葉が不自由で父の威光も届かない異郷では、彼もソフトドラッグをやるくらいでおとなしくしていた。

しばらくして帰国し、元の大学に戻ってまた留年したものの、最終的に卒業はできた。

あの事件以降、ディスコの深夜営業はなくなった。自分は青少年の非行防止に一役買ったのかな、と密《ひそ》かに苦笑した。

それでも、あの繁華街は避けた。河岸を変え、別の繁華街に入り浸るようになった。

そこで、様々な噂を聞いた。

犯人はわかっていたが、父親が人脈を使って揉《も》み消した、という話だ。

「まったくもって、事実だよ」

犯人としてではなく事情通として、にやりと笑って見せた。

死者の時間は止まるが、彼のそれは時計通りに流れていった。父親の会社に入り、何度か結婚と離婚をした。子どもはすべて、妻であった女達が引き取った。今も妻はいるが、別居している。閑静な高級住宅街の豪邸には今の妻とその息子がいて、彼は一人で繁華街のタワーマンションに住み、そのときどきで気に入った女を引き入れている。もう、殺すような真似はしない。

どの妻にも、どの愛人にも、あの事件の話などしない。とうに、時効は過ぎた。親も、息子の秘密を抱いたまま相次いで亡くなった。

時効は意識していたが、はしゃいでカウントダウンなどはしなかった。その瞬間を体感しようとしたが、気がつけば寝ていた。

あの事件は、彼が帰国したときはもう世間からは忘れ去られていた。もちろん関係者や遺族は忘れていないはずだが、テレビや雑誌では取りあげられなくなっていた。

ネットが普及し、検索すると事件についていろいろ出てくるのは知っていたし、実名をあげられてもいたが、都市伝説の一つとして笑い話にもなっていた。

兄や姉とは冠婚葬祭のときしか顔は合わせず、妻も金のことで電話をかけてくるくらいで、彼はまったくの一人暮らしとなった。

あの事件は風化していき、彼の中でも乾いていった。

すっかり中年太りで髪も薄くなった彼を見て、犯人像と重ね合わせる人はいない。

もしあのとき逃がしてやったもう一人の女子中学生をここに連れてきても、絶対にこいつだと指さすことはないだろう。

あの頃はなかったネットで、自分が殺した子の名前と簡単な経歴も調べた。親の離婚と再婚でグレていたとかで、生き残った方も似たり寄ったりの境遇だった。本来なら、彼と交わることのなかった子達だ。

非行少女であったとしても、あんな目に遭っていいことはないのだが、「生きててもろくなことはないだろう、歳を取ったら惨めな底辺の暮らしをしているに決まっているから、あそこで死ねてよかったんだ」と書きこんだこともあった。非難する人達もいたが、賛同者も多かった。賛同者だって、彼女らと似たり寄ったりの境遇だろうに。どちらも、彼には死体にたかる虫けらだ。死体を餌として置いてやった俺が一番、偉い。

生き残った方の名前も知ったし、調べれば居場所もつきとめられるだろうが、する気はない。本人も、忘れたいだろう、と彼は軽く流した。

自分の中で風化していったように、あの子もあれは夢だったんじゃないかと思っているだろう。きっとそうだ。しかし五十を過ぎて、今頃どうしているだろう。

酒と男に溺《おぼ》れるだらしなく貧しい荒《すさ》んだ生活をしているか、意外にちゃんとした会社員や主婦になって、平凡に暮らしているか。

死んだ、殺したあの子だけが十四歳のままだ。自分もすっかり、おじさんになったのに。

あのサイクリングコースも、その後は一度も近づいてない。土地勘のある犯人だなどと書きたてられたが、本当にたまたま立ち寄っただけなのだ。

そんな彼だったが、疲れやすくなり、あちこち不調が出てきたり、酒に弱くなったり、老人に近づいているのをひしひしと実感してきて、死ぬまでに誰かにあのことを話したいと考えるようになった。

それは贖罪《しょくざい》、懺悔《ざんげ》といったものではない。そもそも彼はただの一度も、殺した女の子に対して可哀想なことをした、悪いことをした、とは思わなかった。事件当日から現在まで、一貫して考えは変わらない。

あんな下賤《げせん》で下品な下流のガキのために、自分の人生を棒に振ってたまるか。あんな生きていてもどうしようもない愚かなカスでも、殺せば殺人罪が適用されるなんておかしい。自分ほどの選ばれし優秀で高貴な人物が裁かれるのは、理不尽でしかない。

だから、死ぬ前に誰かにしゃべりたいというのは、冒険を自慢したい、特別な体験をしたことをひけらかしたい、まんまと逃げきったことを誇りたいのだ。

とはいえ、その打ち明けた人にいいふらされても困る。

妻達はさておき、子ども達には彼なりに愛情もある。殺人者の子どもといじめられるのは、やるせない。親や先祖が守ってきた家名にも傷がつく。

打ち明ける人は自分に相応《ふさわ》しい、それなりの立場や度量や人柄も必要だし、何より絶対にその人の胸の内だけにとどめてくれるのが条件だ。

だが、そんな人はなかなか思い当たらない。遊び仲間は腐るほどいても、真の意味での友達はいない。仕事関係でも、同様だ。

誰よりも口が堅いはずの親は薄々、いや途中からはっきり確信していたが、彼の悪事を隠蔽するのに必死で、彼が望むような感嘆、畏怖《いふ》、などはくれなかった。

そうこうしているうちに、最近ちょっと気に入って同伴だけでなく部屋にも連れこんでいるクラブのホステスが、ある占い師の話をしてくれた。

「とにかくすごい、とにかく当たる。名前は出せないけど、政財界、芸能界、文壇やマスコミ業界の大物のお得意様ばかりを顧客にしていて、一見さんの一般人は相手にしません。いっさい、広告や宣伝はしてないし。

有力な紹介者がいれば、かなりの高額だけど特別に見てくれます。もちろん秘密厳守。口が堅いからこそ、大物の顧客達も信頼を寄せてるんです」

ホステスは熱弁を振るった。自分の指名客も、何人か世話になっていると。

「私もある作家先生の紹介で見てもらったんですが、腰が抜けるほど当たりました」

ぜひ紹介してくれ。前のめりに、彼は頼んだ。

その手のものは信じてないし、バカにもしているが、渡りに船だ。だが悩みがある、占ってほしいことがある、打ち明けたい秘密がある、それは決して口にはしなかった。

「一度も経験したことがないから、単なる好奇心でやってみたいんだよな」

「ぜひ、行ってみてください。行ってよかったとのご報告、待ってます」

後日、彼は指定された場所に一人で行った。久しぶりに足を踏み入れた、あの猥雑《わいざつ》な繁華街。なつかしい、とは感じなかった。すっかりあの頃とは変わり果てていたが、きらめく暗黒の誘惑に満ちた雰囲気は変わらない。

これまた胡散臭《うさんくさ》い、いかにもその街に似つかわしい雑居ビルの一室にその占い師はいた。

十二畳ほどのワンルームには、所狭しと怪しげな狐の像が並べられていた。我が国のお稲荷《いなり》さんとはかけ離れた極彩色の、温泉地の秘宝館にでもありそうな艶《なま》めかしい、人間の女が溶け合ったような狐。

そして現れた占い師は、これまた艶めかしい女だった。回教徒のような黒く長い衣装で、黒いつばのある帽子から長いレースの覆いを垂らし、まったく顔が見えない。

いや、ぼんやりと透けて見える。輪郭と雰囲気だけで、美しい女だとわかる。

黒い手袋もして、とにかく肌を出さない。そんなに若くないのも感じ取れるが、すらりとしてほどよい肉付きの、彼好みの体つきなのもわかった。

簡素な椅子にかけて、向かい合う。口元をやはり布で覆っているので、ややくぐもっているが、柔らかな濡《ぬ》れた口調だった。彼は身を乗り出した。

「あなた色っぽいね。伝わってくるよ、顔見えなくてもタイプど真ん中だってのが」

椅子にかけたまま、微妙ににじり寄っていく。

「お言葉はうれしいですが、あなたは奥様がいらっしゃるんでしょう」

占い師はきっぱりと拒絶はしないが、距離を詰めても来ない。

「いるけど、別居中。まぁ、女遊びの激しい俺に愛想尽かしたことになってるけど。女房も浮気しまくってんじゃないかな。いや、してるだろ」

「あらまぁ、よくご存じなんですね、奥さんの交友関係」

「弱み握っとけば、離婚のとき有利だからな」

実際に、部下達に見張らせてもいる。今のところ、それらしき男はいないというが。

「なるほど。でも、あなたにも弱みはあるでしょう」

みんな何かしら弱みがあるから、ここに来るんだろう。それは飲みこむ。

「俺の弱みはさておき、あいつエステ三昧《ざんまい》で顔の皮膚つっぱらかして若作りして、それこその部屋の狐みたいになってきてるよ」

「でも、好きで一緒になったんでしょ」

「まぁ、最初のうちはね」

今の妻は、貧しい境遇から体一つで這《は》いあがってきた根性のある女だ。彼も、ちょっと甘く見ていたのは後悔している。

かつて高級クラブのホステスをしていて、彼と結婚しなければママになっていただろう。今もその界隈《かいわい》では、隠然たる力を持っている。

出会いは、店での彼の一目惚《ひとめぼ》れから始まった。そんな詳細に身元は調べなかったが、惚れきっていた彼が押し切った。

親としても、何度も離婚する息子については何もいえなくなっていた。すねかじりの大学生と違い、いい大人がやることなのだし。

彼が次々に妻を替えるのは、何よりも学生の頃から変わりない、簡単に燃え上がってすぐ飽きるという性分のせいだ。

これまでの妻達はみんな元から金持ちのお嬢様で、彼と別れても生活に困ることもなかったし、子どもを溺愛《できあい》していて、子どもと暮らせればそれでいいという。

今の妻は、絶対に別れませんとがんばっているのが、これまでの妻達とは違っていた。なかなかに厄介な女だ。

名家の奥様である立場と、土地代だけでもものすごい豪邸と。黙っていても振り込まれる高額な生活費、息子の学費。今の妻は、絶対にどれも手放す気はない。

一人息子を可愛がってはいるが、かつての彼そっくりの放蕩《ほうとう》ぶりにはさしもの妻も手を焼いていた。母子だけになれば、父の威光でいろいろ揉《も》み消すこともできなくなる。

その彼だって父がいなければ、殺人者として裁かれていたのだ。

何にしても彼としては、今のきつい妻と別れて次の女を引き入れたい。これだという女はまだいないが、そのうちできる。もっと魅惑的で刺激的かつ従順ないい女が。それについて、ぜひ占ってほしいものだ。

だが彼は今、目の前の女に夢中になっていた。さすがにこの場で押し倒すような真似はしないが、ぐいぐいと膝《ひざ》を寄せて迫った。

「ねぇ、顔を見せてよ。独身なの。どこに住んでいるの」

なんなら、この女を次の妻候補の一人にしてもいい。いや、してみせる。

苦笑して聞き流していた占い師が、ふと口調を変えた。

「あなた、何か大きな秘密があるでしょう。いえ、これは占い師の常套《じょうとう》テクニックではなく。誰だって秘密の一つ二つはありますからね。でも、あなたのそれはなんだかちょっと尋常ではない、異様で不穏な匂いがあります」

やや裏声で作っていた口調から、地の声になった。どこかで聞いたような声。

「それを口外すれば、あなたの身の破滅につながるほどのものですね」

彼は、置いてあるすべての狐に射すくめられたようになった。

これだ、ここだ、この人だ。別の熱に浮かされた。この人に語るべきなのだ。今ここで、この人に語っておくべきなのだ。

「……死刑とはいかないまでも、かなり長い懲役刑は免れないことをやってるよ。時効が成立してるとはいえ、露見したら社会的にはアウト」

興奮を抑えながら彼はできるだけ淡々と、学生時代の殺人について語った。ディスコの喧騒《けんそう》、車のエンジン音、殺した場所の草いきれ、もう顔も思い出せない女の子達の肌の匂い、絞めた感触、いろいろなものが生々しく鮮明によみがえってきた。

占い師は微動だにせず聞いていたが、彼が黙り込んだところで立ちあがった。そして、顔を覆っていた帽子を脱いだ。

そこには……妻がいた。

いや、一瞬だが彼は、殺した女の子の顔を見た。それと、もう一人。誰だ。いや、殺した女の子が現れるよりも、妻であったことには驚きと恐怖があった。

もはや、彼は虚脱状態だった。抜け殻のように、かろうじて椅子から落ちずにいる。

「ばっちり、聞かせてもらったわ。ちゃんと録音もしたからね」

たっぷりした衣装のどこかに、録音機が仕込まれていたのだろう。

「もちろん、占い師としても秘密厳守だし。妻としても、黙っていてあげるわ」

妻が昔から隠れてこんなことをしていたとは思えず、夫から何らかの秘密や弱みを聞きだそうと、急ごしらえで占い師に扮《ふん》したのだろう。

「生き残った方の子ね、あれ、あたしよ」

もう、何をいわれても驚かないし、驚けない。

「出会ったときから、感じるものはあったんだけど。本当にあなただったとはね」

わからないが、もしかしたらあのホステスも妻の手先となっていたのか。占いみたいなものに何の興味もない自分を、強くここに誘導しようとした。いろんなことがぐるぐる頭を駆け巡ったが、彼が妻に生殺与奪を明け渡したのだけは確かだった。

「でもあなた仮にも妻を、エステで顔の皮膚つっぱらかしてとか、他の女に悪口いうなんてひどいわね。あら、他の女じゃないか、本人に向かってか。もっとひどいわ」

妻の求めるものは、変わらぬ社長夫人としての立場と、増額した生活費に豪邸の居住権。何よりも、厄介な息子の徹底した保護監督。

「でも、整形してるのは気づいてなかったのね。けっこう、いじってんのよ」

してやられた。考えてみれば、妻とのこれからの生活はほぼ何も変わりない。それでも彼は、もはや捕まって無期懲役を科せられた気になっていた。

「あたし、あの頃は家が荒れてて学校でもいじめられて居場所がなくて、殺されたあの子だけが心の支え、生きている意味と希望を見出《みいだ》せる存在だった」

十四歳の家出少女は立ち上がり、あの頃に流行《はや》った踊りを見せてくれた。そうだ、一緒に踊ったな、これ。あの女の子も。

「あの子を見殺しにしたことが、ずっと心の傷になってた。これで許してもらえそう」

狐達の間でゆらゆらと、あの殺した女の子も一緒に踊っている。

「ここの神様も、あんたの告白を聞いたからね。罰を当てられないように、たくさんお布施を置いてから祈りなさい」

いっせいに、背後の狐達が笑う。その笑顔も、昔あの闇の中で見ていた気がした。

阿蘇《あそ》の史《ふびと》、盗人にあひて謀りて逃げし語《こと》

（巻第二十八第十六話）

ある日、阿蘇の何某《なにがし》という書記官が、深夜に西の京の自宅に帰ることになった。牛車に乗って大宮大路《おおみやおおじ》を南下している間に、着ている衣装を全部脱ぎ、丸裸で車に座っていた。美福門《びふくもん》あたりを過ぎるころ、盗賊が牛車の前に躍り出たが、書記官が全裸であるとわかるとその理由を聞いた。返答がかしこまった調子でおかしかったため盗賊たちは大笑い。何も盗《と》らずに去っていた。

悪夢とまではいかなくても、暗い夢だった。

なのに、色彩だけは豊かだった。どこか残酷さを漂わせるほどの青空と、緑の炎のように揺れる樹木。ところどころに、血よりも赤い果実がのぞく。

日本であることはわかっているのに、湿った密林には獰猛《どうもう》な豹《ひょう》や虎がいそうだった。ときおり、蜜色《みついろ》に濡《ぬ》れる野獣の眼が光った。

「出口はどこ」

「そんなもの、ない。夢に出入り口なんか、ない。現実と重なっているから」

問うているのは誰。答えているのは誰。どちらも自分のような気がする。

なぜ、こんな不穏な夢を見ているのか。まったく見当がつかない、ことはない。

彼女はその夜、久しぶりに子どもの頃に好きだった、ホラー漫画のことを考えながら寝ついたからだ。あんな怖い話があった、そういえばこんな気持ち悪い登場人物がいた、と。

美少女の魔女が主人公の、何度も映像化されたことのある、今でも根強い人気の作品だ。

彼女が子どもの頃、雑誌に連載されているときから愛読していたが、たまたま先日の合コンで会っていいなと思った男も愛読していたといい、その話で盛り上がった。

「今度、コミックス全巻を大人買いしてプレゼントするよ」

といわれ、それが次回デートの誘いとなった。

「呪文《じゅもん》、覚えてるのありますよ。でも、怖くて使えなかった。悪い奴を懲らしめる、恨んでいる相手を呪う呪文ばかりで」

「うーん、本物の魔女でなくても、女の人ってそれぞれの呪文や独自の魔法ってのを使える気がするね」

前の男と別れてから、しばらく彼氏なんて要らないとふてくされていたが、久しぶりにときめきがよみがえった。その彼について考えながら、ベッドに寝転がったのだ。なのに、彼は夢に出てこなかった。出てきたのは、不吉な影法師のような見知らぬ男女。夢だけではない。現実にも、怖いものが来ている。

彼とまた、漫画について語り合いたい。買ってもらえる約束はしたけど、待ちきれなくてネットの無料ページで読み直し、呪文なども詳細に思い出した。

魔女が地面に描く魔法陣なども思い浮かべながら、寝入ってしまったせいか。いつの間にか、悪いものを引き寄せてしまったらしい。

夢の中で彼女は、どこか南の方の離島にいた。見知らぬ風景なのに、どこかで見たような景色でもあった。南国の花が、目を射るほどに色鮮やかだった。じっとり湿気の多い暑さの中、島だけにいると思《おぼ》しき鳥の鳴き声が響き渡る。

本当の自分は真夜中の都会の真ん中の小さな部屋にいるのに、草深い島の舗装されてない道を日光に炙《あぶ》られながら汗をかく。そんな皮膚感、体感が生々しかった。

「捜さないでよ、あたしを」

これは、自分の声か。いや、違う。

「捜してよ、あたしを」

これも、同じ女の声だ。どっちなの。捜さないでほしいのか、捜してほしいのか。

「帰るな」

男の声もする。誰。わからない。

「帰れ」

どっちなの。さっきと同じ男の声かどうかも、わからない。

崩れかけの石垣に囲まれた、一軒家。草が生い茂る庭の向こうに、日本家屋でありながら、南国風の異国情緒もある小さな家。嫌な怖い、陰鬱《いんうつ》な夢になるのはわかっていても、妙に居心地もよく、もう少しここにいたいと願ってしまう。

庭の背より高い草むらの向こうに、誰かいる。黄昏《たそがれ》てきても灯《あかり》のともらない家の中にも、誰かいる。敵か味方か、自分の分身か。庭にいるのは男。家の中にいるのは女。

「呼ばないで」

「呼んで」

男と女の声が、混ざりあう。海が見えなくても、海の匂いが強い。

悲鳴のような潮風。刃物めいた葉。殺気に満ちた湿気。自分は場違いだ。ここにいるべきではない。早く出よう。

でも、帰り方がわからない。ここを出ても、どこに行けばいい。帰れない、と絶叫したのは自分か、家の中の女か。

庭の草に刺され、凶暴な鳥に脅され、風に追われるように目覚めたとき、たとえ悪夢でも眠ったままでいたかった、と粘る汗を吹き出させた。

不穏な南の島の空気は夢の中から流れ出て、都会の現実の夜を満たしていた。

寝て見る夢より、起きて目の当たりにする悪夢のほうが恐ろしいのは当たり前だ。現実は、生身の体に苦痛をもたらす。ときには死をも、もたらす。

なんでベランダのサッシ戸を、開けたまま寝てしまったんだろう。

それは暑かったから。エアコンは電気代を食うから。電気代をケチって命を削るなんて、どうしようもない。扇風機のつけっぱなしは体に悪そうだから、避けていた。体調を崩すより先に命を落とすことになるかもしれないなんて、黒い笑い話だ。

さらに、暑さのあまり彼女は敷布団だけで、上には何もかけず寝ていた。せめてタオルケットでもあれば、すっぽり顔も体も包んで寝たふりができたし、

「顔は見てません。早く出てって」

と、叫べたのに。何から何まで間が悪い、と自分に絶望する。せめて固く目を閉じ、寝たふりを続けるしかない。

夢の中から抜け出したのではない、生身の見知らぬ誰かが部屋にいた。

防犯カメラもないアパートの二階、1K。逃げ場がない、小さな部屋。ベランダから入ってきた何者かは、まずは壁の作り付けのクローゼットを開け、その横の籐《とう》のチェストを開けるだろう。物色するのは、そこらしかない。

けれど、どちらにも金庫や宝石箱はない。彼女は特にブランド好きではなく、趣味

といえるほど海外旅行もしないし、自宅で飲むほど酒好きでもない。ホストクラブもパチンコもゲームも一通りやってはみたけれど、夢中にはなれなかった。

とはいえ都会に住んでいれば、お金はいくらあっても足りない。借金こそしてないが、それなりにローンやクレジットの支払いには常に追われている。そこそこの会社に勤めていても、なかなか貯金はできない。

ベッドの脇の椅子に、バッグが載せてある。中に財布もスマホも腕時計も、つまり彼女にとっての金目のものはすべて入っている。

といっても、財布には五千円あるかないかだ。スマホも格安。時計も数万円。たぶん男であるはずの泥棒は、タンスに何もないとなればこのバッグを開けるだろう。

そこも乏しいとなれば、彼女を脅してキャッシュカードの暗証番号を吐かせようとするかもしれない。もしかしたら、目的を変えて襲われるかもしれない。無抵抗で番号を教えても、あまりの残高の少なさに、変な仕返しをされるかもしれない。

彼女はまだ三十手前、男ならみんなよろめくセクシー美女ではないが、まあまあ普通に可愛い。下着みたいなシャツと、本当に下着でしかないショーツ一枚。裸同然といっていい。あっという間に引きはがされてしまう無防備さだ。

必死に丸まって目をつぶり、侵入者に気づいてないふりを続ける。このまま再び、眠りたい。あの陰鬱な夢すら恋しい。夢の世界に、戻りたい。

今が夢の続きで、ぱっと朝日の中で目覚められたらどんなに幸せか。なんでもない日常が、どれほどありがたいか嚙《か》みしめたい。

故郷の親、弟妹、友達、同僚、もう別れてしまった元彼達までが、次々に浮かんだ。いやだ、まるでもうすぐ死ぬみたいじゃないか。これって噂に聞く、死の直前に人生の全てが走馬灯のように浮かんで流れて、って現象なのか。

特別に何かに優れていたり、恵まれていたのではないが、優しく真面目な親に大事に育ててもらい、無理をして都会の私立の大学まで出してもらった。

希望していた会社にも入れ、久々に好きになれそうな男も現れた。合コンではまだ、女の子といってもらえる年齢でもある。

「私、なんにも悪いことしてないのに」

そう心の中で叫び、神様にすがろうとしたとき、そうはいかないかな、とも考えた。

幼稚園、小学校の頃、主導はしないが嫌いな子へのいじめに加わったこともある。中学、高校、女子大と男がらみで揉《も》めたとき、ライバルの女達の悪い噂を流したり仲間外れにしたり、バイト先のものを持ち帰ったりつまみ食いもした。

卒業旅行で行った大麻合法地で、みんなで回し喫《の》みした。体質に合わなくて習慣化はしなかったものの、その後も国内では違法ギリギリのハーブは何度かやった。

いわゆるパパ活というものにも手を出し、ほぼ寸借詐欺といっていい真似もした。

男達とはそんな泥沼の喧嘩《けんか》別れはしてないはずだが、円満な関係解消ばかりではなかった。妻子持ちと付き合って奥さんと揉めたり、腹いせに元彼の同僚とヤッたりもした。

「あっ、けっこう悪いことしてるかな、私」

だが、それで強姦《ごうかん》くらい当然、泥棒されるくらいがまんしろ、殺されても仕方ない、とはならないだろう。誉められたもんじゃないにしても、これくらいのことは誰でも一つ二つはまぁあるよね、という範囲に収まるんじゃないか。

これからもっと仕事もがんばって、あの彼とも付き合いたい。いずれ結婚して子育てして親孝行もしてボランティアにも励んで、ダイエットもしてあの水着を着たい。

今の自分が望むこともまた、とても普通でまともでささやかで、特に欲深いわけでも反社会なわけでもないはずだ。

黒魔術で叶《かな》えたいことなど、なかった。自身の努力でどうにかなってきた。そして、自身のがんばりではどうにもならないことがあるのも学んだ。

これからだというときに、そんな平穏さはすべて断ち切られるかもしれない。

部屋にいるのは単なる泥棒ではなく、凶暴な強姦魔か猟奇殺人鬼かもしれない。ここで人生が終わるのか。助かりたい。なんとしてでも、命だけは助けてほしい。

怯《おび》え切って無抵抗でいるか、加虐性をそそるほどの非力でありつつ必死の抵抗を見せるか。どちらかしかないのか。つまり、それは女側からはやられっぱなしを意味する。

助かるために取るべき行動は何か、怒涛《どとう》のごとく頭に浮かび、奔流のように様々な考えがあふれたようにも感じられたが、実際の時間の流れは数分くらいだ。けれど、永劫《えいごう》にこの怖さが続く気もする。いつまで自分は正気を保て、生きていられるのか。

自分にもしものことがあれば、親はどれほど嘆くだろう。想像するだけで涙が流れる。

昔の男との写真や、酔った勢いで撮ったふざけた写真。あれらは捨てておきたいし、消したい。あっ、怪しげなダイエット食品をたくさん注文してしまった。あれは死後に届けられるのか。遺品整理は親がするのか。

死を目前にしたときの、走馬灯。それはなんとかして命をつなげるため、このまま死なないため、過去の経験や場面から最良の手段を検索し、生き延びるための最適な対処法を探しているのだと聞いたこともある。それだ。

心のうちでは激しく葛藤《かっとう》しつつ、他人から見ればただ丸まって固く目を閉じている彼女がいるのを、侵入者はもちろん入った瞬間にわかっただろう。いきなり騒いだりしないので、本当に寝ていると思ったか。

このまま寝たふりをしていたら、バッグだけ持って出ていってくれるかもしれないと、彼女はか細い希望も持つ。

なのに侵入者はいきなり彼女の肩をつかみ、乱暴に引きずり起こした。

「やるしかない」

心のうちで、強くつぶやく。いったいなぜ、そんな方法を思いつき、実行に移したのか。

一つはそれこそ過去の経験、場面から、男に敬遠される女、モテない女、ドン引きというものをされる女のタイプを瞬時に抜き出せたからだ。

見てくれが悪い。年増。それはまったく不問とはいかないが、決定打にはならない。すべての男が、若いモデル体形の派手な美人を好きなわけではない。

デブ専も熟女マニアもいれば、金や気をつかわなきゃいけないし劣等感を刺激されるから美人や派手な女が怖い、というのもいる。世間からはブサイクといわれても俺には可愛く見える、エロいブスが最高、という独自の好みや美意識を持つ男も少なからずいる。

性格が悪い。これは表裏一体だ。受け手の感じ方で違ってくる。意地悪、生意気、わがまま、奔放、毒舌、それらが魅力になる女もいる。

合コン、キャバクラも含むバイト先、学内。美人でも人気がなかった、きれいなのに指名客がつかなかった、それはずばり、頭がおかしいと思われるか、すごい変人と見られる女だった。

とんでもない場違いな言動を自由だの個性だのいい張る、もしくはまったく他人の目を気にしない。そしてあまりにも服装にかまわない、もしくは個性的すぎるファッション。

霊感があるだの前世はギリシャの女神だの、不思議ちゃんアピールがいきすぎ。あるいは何か特定の思想信条に凝り固まって、正当な反対意見やもっともな異論、親身の心配も頑として受け付けない偏屈さ。

彼女らは、たとえ顔がきれいでも男はあまり近よらなかった。心が常に不安定で誰かれかまわずかまってほしい、ちょっと面倒くさい女が好きな男もいるが、彼らも少数派だ。

最もモテる層はやっぱり、あらゆる意味で普通の女、なのだ。

ともあれ男にさわられた瞬間、彼女の中で何かが弾《はじ》けた。走馬灯の過去の中から、命をつなぐ手段としてそれを選んだのは、最新の情報に補強されたものでもあった。

「来たれ、サタンの使いよ」

かっと目を見開いて男の手を振り払うと、ベッドから勢いよく飛び降りた。目の端に腰が引けた男が映ったが、とりあえず無視する。

彼女は躊躇《ためら》いなくシャツとショーツを脱ぎ捨て、全裸になって床でひっくり返り、くねくねと体を揺らし、手足を振り回した。

再び飛び起き、適当かつ奇怪な踊りをした。あまりリズム感がなく踊りが得意でないのは、この場合は幸いしたかもしれない。

裸になったのもお色気作戦ではなく、よりいっそう本気さを演出するためだ。ギクシャクしたサッシ戸に映った変な踊りは、自分でも鬼気迫ると恐ろしくなったほどだ。

一見するとごく普通に見える同世代の男は、ただもうあっけに取られ、棒立ちになっている。よし、まずは度肝を抜く作戦は成功のようだ。

ひたすら、精神統一して例の漫画を思い浮かべた。主人公は黒魔術を使う魔女だが、普段の姿は清純な女子学生だ。似ていると例の彼にいわれ、舞い上がった。

意識したのではないが、前髪のある黒髪のセミロングという髪型は同じだった。今の姿を見られたら、ますますあの主人公に似ていると惚《ほ》れ直されるのではなく、次回のデートはキャンセルとなるだろう。

ともあれ魔女は様々な方法で悪魔や使い魔や死者を呼びだすが、床に魔法陣と呼ばれる禍々《まがまが》しいサークルを描き、その真ん中で全裸になって踊る場面が多かった。

衣服をまとっていると魔を召喚する動作の邪魔になる、その場の空気と一体化するのを阻害される、といった理由だそうだが、掲載されていたのが少年漫画誌だったたから、サービスカットでもあったのだろう。

もちろん今ここに魔法陣は描いてないが、あるという設定だ。漫画の中の踊りを思い出して踊っているうちに、だんだん彼女は変な度胸がついてきたのか自棄《やけ》になったのか、あるいは本当に妙な魔力が宿ってきたのか、

「おお、現れたな、私の使い魔が」

などと芝居がかった口調で、侵入者の男を指さすこともできた。男も、自分の立場を忘れて彼女を薄気味悪いものとして見、怯《おび》えの色を浮かべている。

人はやはり、あまりにも想定外のものに出くわすと思考が止まってしまうようだ。

「あの」

男はベランダからもドアからも逃げず、彼女を襲うこともなく、その場に座り込んだ。

「あなた、魔法が使えるんですか」

か細い、遠慮がちな声と口調だった。男も自分が置かれた状況の対処に困っている。ここで一気に主導権を握れるか。彼女も息が切れてきたが、さらに体をくねらせた。

「私は魔女だよっ」

役にのめり込んでいるというより、本当に命だけは助かりたくて必死だったのだ。内心の怯えを見透かされないよう、厳かにうなずき、仁王立ちとなる。

下手に恥じらう方が、劣情を引きだすというのはわかっている。そして、演技がばれてしまう。とことん堂々としていれば、向こうも毒気もやる気も削《そ》がれてしまうはずだ。

「私は日本で唯一の、黒魔術の使い手だ」

ぴしっと手刀で空を切り、重々しい声を絞りだす。今さらこの設定を変えられない。パニックになって悲鳴を上げたり騒いだりすれば、本当に絞め殺されるかもしれない。

「お前、ご苦労だったね」

深呼吸し、漫画で見た決めポーズを真似る。

「悪夢は去った。もう帰っていいよ」

ところが男は、居住まいを正した。演技につき合ってくれているのではなく、本気の目の色があった。男は正座し、頭を床にこすりつけた。

「お願いがあります。妹がどこにいるか教えてください」

彼女もまた想定外なことを突きつけられたが、後には引けなくなっている。

何はともあれ、男は凶暴性は発揮しない。このまま穏便に、出ていってくれることもあるかもしれない。改めて見れば男は、賢そうな人の目をしている。

そんな男は、ぽつぽつと語った。三年前、妹は出会い系で知り合った男に会いに行くと出ていき、そのまま帰って来ないと。

「妹は不良に憧《あこが》れていただけで、元は全然、悪い子じゃないんです。うちだって本当に普通の家で。ぼくも、元は普通でした。いや、今も普通のつもりですけど」

なんとなく、それは伝わってくる。こいつは根っからの悪党ではなく、立ち直れるというのは、魔女でなくてもわかる。

「可愛い妹がいなくなってから親も不仲になるし、ぼくも常に気が晴れない状態が続いて、仕事も人間関係もトラブル続きでした。何もかも、投げやりになった」

自分が全裸なのも魔女設定なのもしばし忘れ、あらそうなの、と同情してしまう。

「この部屋の下を通りながら、死ぬ前にいっそ女を襲って殺してやろうかと、半ば本気で考えてたんですよ、正直いうと。普段、こっち方面はあんまり来ないのに、なんか今夜に限ってふらふらと、こんなとこに迷いこんじゃった感じです」

自分の呪文《じゆもん》が、迷える男を呼び寄せたのか。そういえば今夜は満月だ。

「あ、でも本当に他人様《ひとさま》の家に忍び込むのなんか、これが初めてです。本当です。何でここに入り込んだのか、本当にわからない。気がついたら、よじ登ってた」

それにしても、第三者がのぞいてみればなんとも異様な光景であり、首を傾げるだろう。これは何なんだ、どういう関係性なんだと。

「でもさ、強盗にまでいったら戻れないよ。同じ泥棒でも、万引きと空き巣と強盗は罪の大きさが違うってば。強盗に強姦《ごうかん》や殺人がついたら、超ヤバい」

黒魔術を使う怖い魔女の設定なのに、つい普段の言葉遣いに戻ってしまう。

「いや、あの、信じてもらえないでしょうが。泥棒じゃないです」

現実に、真夜中にうら若き見知らぬ女性の部屋に忍び込んでいる。その立場を、彼は完全になかったこととしている。やはり、まともではないのか。

もっとも、部屋の住人である女は全裸で仁王立ちし、私は魔女だとかいっている。彼からしたら、この女こそおかしいと思うだろう。

けれど、これで押し切るしかない。彼女は再び体を適当にくねくねさせ、漫画の中から覚えている限りの呪文を唱えた。そうしてまた目を見開き、

「妹は生きている」

と告げた。何だか本当に、そんな気がしていた。適当に、さっきこの男に起こされるまで見ていた夢の話にからめた。

「南国の島に大きな古い日本家屋があり、庭に不穏な草が生えているが、妹は男とその家でだらだら暮らしている。とりあえず、元気だ」

「なんかわかんないけど、生きてるだけでいいです」

突如、すごい耳鳴りと頭痛と目まいがしたかと思ったら、彼女と男の間に見知らぬ女が出現した。いや、見知らぬ女だが、彼女も男も噂の妹だとわかった。

「あ、お兄ぃ。何やってんの」

男に向かって、そういったからだ。顔だちも、確かに似ていた。

「お前こそ、今まで何やってたんだ」

男の手は妹を突き抜けてしまった。妹は、煙草のようなものをくわえている。

「まぁテキトーにね。ていうか、ここどこ」

「そ、それは、あの、なんていうか」

「やっべー、あたし変な幻覚見ちゃってる」

それだけ面倒くさそうにいい、またふっと消えた。消える前に妹は彼女に向け、何やら煙草の煙を吹きかけた。

そこで、気が遠くなった。夢は見なかったが、蜜色《みついろ》に濡《ぬ》れる獣の目を見た気はする。

目覚めるとさわやかな朝日の中で、きちんとシャツとショーツを身に付けて、ベッドに仰向けになっていた。部屋の隅に放っていたタオルケットも、体にかけられている。

目を開け、天井をにらむ。ベランダの戸は開いたままで、心地よい風が吹き込んできた。ああ、生きてる。生きてるっていいな。生きてるだけで、いいな。心底、感謝できた。

昨夜のあれは、すべて夢だったのか。男とのやりとりも、謎の妹の出現も、夢か。

いや、違う。あきらかに、シャツとショーツは自分で着たのではなく、誰かに着せられた違和感があった。シャツは後ろ前だし、ショーツはやけに食いこんでいる。自分ではこんなふうには、はかない。

だが、乱暴された形跡もない。あの男が、着させてくれたのだろう。ベッド脇のバッグを開けてみたら、財布も中の現金もそのままで、スマホも腕時計もあった。

「というのが、私のオカルト好きの友達の体験談なんだけど」

友達の話。知り合いが経験した。というのは、男女を問わず自分自身のことであることも多い。彼女も、友達の話として意中の彼と会ったときに話した。

約束通り、彼は魔女の漫画のコミックスを全巻、持ってきてくれた。

「重いから、君んちまでぼくが持っていってあげる」

それが、部屋に上がり込む口実にもなっていた。

「なんかわかんないけどその妹さんは、男と変な煙草みたいなもの、ってずばり大麻だろうけど、吸ったり売ったりしながらだらだら暮らしてるのかなぁ。犯罪者といったらそうだけど、極悪人でもないような」

あの島と家と庭は実在する。あの夜の男の妹も、きっとそこで生きている。

「帰るに帰れないってのもあるだろうけど、帰りたくない気持ちが強く妹さんにあるんだよ。一緒にいる男のこと、好きなんだよ」

彼はその漫画の愛読者なのもあるが、オカルト的なことを頭から否定はしないし馬鹿にもしない。犯罪者にではなく、弱者に優しいという心根も垣間見せる。

「ていうか、魔女になりきって妹さんを呼びだした君の友達、ってのもやってやしないかなぁ、変なものを」

「やってないない、です」

彼女が呪文を唱えているとき、いなくなった妹のことを強く考え、しかも悪魔にでもすがりたい、人を殺してみようか、などと悶々《もんもん》しながらアパートの下を通りかかった男。

彼女と男と妹、すべて偶然にチューニングが合ってしまったのか。

異界との接触、異界のものとの邂逅《かいこう》は、よくラジオに譬《たと》えられる。周波数に合わせられなければ、聴きたくても聴けない。たまたま合ってしまって、特に聴くつもりもなかった妙なものを聴いてしまうときもある、と。

妹もまた、そのとき兄のことを強く思っていたのかもしれない。

「たぶん君、じゃなくて君の友達は何かいろんな偶然が重なって、本当に魔女的能力を発揮できたんだろうね」

いろいろと見透かされ、ばれている気もしたが、黙っていた。

「君も、じゃない、君の友達もそれは計算じゃないし正当な手順に従ったものでもなく、本当に奇跡の偶然だから、もう二度とそんなことはできないと思うよ」

「できなくていいです。もう二度と、あんな怖い思いをするのは嫌だわ」

つい自分のことだと口を滑らせてしまったが、何はともあれ惚《ほ》れ薬を調合しなくても魔法陣で恋の呪文をかけなくても、彼は彼女に恋してくれているようだった。

羅城門《らじようもん》の上層《うわこし》に登りて死人を見し盗人の語《こと》

（巻第二十九第十八話）

盗人が日暮れ前の羅城門下に隠れていると、たくさんの人がやってきた。見られると厄介だと考えた男は、門の上層によじ登った。すると門の上に灯《あかり》が見える。のぞいて見ると、白髪の老婆が死人の髪を抜き取っていた。老婆は死体の髪で鬘《かつら》をつくろうとしていたのだった。命乞《いのちご》いをする老婆と死体の着物を剝《は》ぎ取り、抜き取ってある髪の毛を奪いとると、盗人は闇に消えた。

【彼は突如として、まさに彗星《すいせい》の如くという形容がぴったりな現れ方をしました。デビュー作が大ベストセラーとなり、続く作品も複数の賞の候補にあげられ、いくつかは獲得し、映像化もされてヒットし、たちまち人気作家になりました。ところが最も権威ある大きな賞の候補となった、そのとき一番売れていた作品に、盗作の疑いがあると指摘されたのです。丹念に検証がなされていき、賞の候補からは外されなかったものの、受賞はできませんでした。元の作品と比べてみれば、素人目にも彼の盗作は明らかだったのです。本人も著作権の侵害を認め、元の作品の作者に謝罪しました。盗作された側も謝罪と説明を受け入れ、和解に応じました。

本来は絶版となるはずですが、すでに売れていたために出版社側が該当部分を削り、彼に書き直させて改訂版を再販しました。

一応は、そこで騒ぎは収束に向かうはずでした。ところがその作品だけでなく、次々に彼の作品に疑惑が持ち上がっていきました。

というより、ほぼすべての作品に何らかの盗作があるという検証サイトまで作られました。

それによると、彼の作品には誰が見ても明らかな剽窃《ひょうせつ》、無断引用、酷似した表現などがどうしようもなくふんだんに盛り込まれていました。そんな彼の言い訳は、

「その作品が好きだったので、影響を受けた」

「その作者に何度も会ううちに、語る言葉が自分のものとして記憶されていった」

「後から引用の出典を記すつもりでいたのに、うっかり忘れていた」

等々の盗作者によくある、甘い上に苦しいものでした。いっときは時代の寵児《ちょうじ》的な扱いを受けた彼も、さすがに表舞台からは遠ざかり、新刊を出そうとする大手の出版社はなくなり、新作を望む編集者もいなくなりました。

それで私も、いろいろと思うところあるどころか被害者の一人であったのに、黙っておくことにしました。死者に鞭打《むちう》つ、それは私の望むところではありません。私の作品との類似性は、ネットでは盛んに検証されていましたが、雑誌などではいっさい取りあげられませんでした。いろいろな圧力があったのでしょう。彼も、立場が弱く世間的に無名であった私の作品については無視を決め込み、言及も釈明も、もちろん謝罪もしていません。

けれど私は、許しました。もう、関わりあいになりたくなかったのもあります。後述しますが、私はさんざん彼に利用され、精神的虐待すら受けていました。

今も、思い出すと涙が出てきます。私が筆を折ったのも、彼が原因と理由です。

彼は、とにかく猛烈なバッシングを受けました。確かに盗作は罪ではあるけれど、やったこととはまったく関係のない容姿や家族までが誹謗《ひぼう》中傷にさらされました。いくらなんでも、それは同業者としてもお気の毒でした。作家生命を断たれたのも同然の彼を、これ以上追いこむのは可哀想だとも同情しました。

その時点ですでに、社会的な制裁は十分に受けたのですから。皮肉なことにそのときは無名であり脚光を浴びられていなかったがゆえに、私のほうが作家としての未来を夢見ることができたのです。

さて。彼は四十を過ぎてからいきなり商業誌でデビューしたように見られていますすが、実はその前からインターネットの世界ではわりと知られていました。あの頃はまだ、パソコン通信と呼ばれていました。リアル世界や見知らぬ大勢とつながっているのに、閉ざされた島でもあったのです。

今のようにみんなが持ち、使っているものではなく、当時はまだ限られた人達のものので、その中で出会う人達は同志としても結ばれ、男女関係も盛んでした。

彼も私もその一人でした。はっきりいいますが、リアル世界では決して彼は女性にモテて大勢にちやほやされるようなタイプではありません。

そんな世界に、私も参加していました。当時はまだ試験的、実験的に始められていたメールマガジンで、連載もまかされました。

私は大学生の頃から書くことが好きで、雑誌の編集部でバイトをし、ライターみたいなこともさせてもらっていたのです。

卒業してコンピューター関連の会社に就職し、専門誌や解説書などの部門に配属されました。取材して記事を書いて編集するだけでなく、パソコンを主題にした女性向けのエッセイもたくさん書かせてもらいました。

そうこうするうちに、メルマガの女性編集長から声がかかったのです。私の担当ともなってくれた編集長は原稿に対してまめで丁寧な感想やアドバイスをくださり、私は全面的に信用し信頼しておりました。

編集長の指導の良さもあり、十人くらいいた連載陣の中で私は一、二を争う人気となりました。その頃は本当に、あらゆることが充実していたし楽しかった。

あちこちから依頼が来るようになり、思いきって会社を辞め、フリーライターとして独立しました。コンピューター業界の話を女子の視点から書いた初のエッセイ集は、けっこう売れたのです。いずれ小説も書きたいと、私は希望に満ちていました。

少しずつおかしくなっていくのは、半年後に例の彼も連載陣に加わってからです。

その頃の私は、彼の人となりはあまり知りませんでした。当時はまだSNSは発達しておらず、パソコン通信では知られた人で、インターネット黎明期《れいめいき》の代表的人物になるだろうといわれている、くらいは教えられていましたが。

十歳くらい年上だし、過去の経歴においてもかぶるところはなく、何の共通点も見いだせませんでした。共通の知人も、さほど多くはなかったのです。

当時の私は可愛い新人の女の子として扱われ、彼はその世界では大御所でありましたが、私から見ればあまり興味を持てないただのオジサンでもありました。

ところが次第に、どうにも居心地の悪いことが起こり始めたのです。

連載が配信されるのは私が月曜日で、彼は木曜日でした。編集部には前日までに原稿を送ればよかったので、彼は私のエッセイを読んだ後、まる一日と少し、「何か新しいネタを見つけて書く」余裕があるわけです。

そう。彼は私のエッセイをパクる、真似る、盗作するようになっていったのでした。すべてを並べて細かく検証するのは大変だし、私も精神的にやられてしまいそうなので、いくつか特に印象に残ったものをお見せします。

※私のエッセイ『女ひとり身クリスマス』

キリスト教徒でなくたって、クリスマスを祝うのは年中行事の一つ。特に女の子なら、誕生日に次ぐイベントだ。

(子どもの頃はケーキやプレゼントにはしゃいでいたけど、年頃になるとひとりぼっちのクリスマスだけは嫌で、なんとかそれまでに彼氏を作ろうと焦った。でも結局は彼氏なしの女友達と空騒ぎしてた、という内容のものを書きました)

※彼のエッセイ『寂しい女のクリスマス』

サンタさんが彼氏をプレゼントしてくれたらいいのに、という女に会った。キリスト教徒じゃないから、こういうことといえるんだろうなぁ。

(思いきり、タイトルを盗作されました。しかも、私への嫌味です。可愛いぶってるくせにモテない、といいたげな書き方に、私はひどく傷つきました)

※私のエッセイ『奇妙な隣人』

学生時代に住んでいたアパートには、ちょっと危ない人達が住んでいた。隣はチンピラっぽい男とその奥さんで、奥さんがいつも目のやり場に困るスケスケのネグリジェを着ていた。そして夏になるとドアを開け放すのだが、暖簾《のれん》が龍《りゅう》の模様。その暖簾が、いかにもチンピラっぽくて、怖いというより微笑ましかった。でも、レースのカーテンがひらひらする部屋ばかりのアパートに引っ越したいなぁと思わされた。

(まずは、これもタイトルを真似られました。地方から都内の私大に進んだ私はお嬢様かと思われますが、つましい生活をしていた、といいたかったのです)

※彼のエッセイ『隣人は選べない』

見合い結婚して堅実な生き方を望む親とは折り合いが悪く、家出同然に飛び出して安アパートに住んだ僕は、もっといいところに移りたくて、ネグリジェみたいなドレスを着ている女達がいるキャバでボーイとしてバイトした。

そしたら、同じアパートの男どもが同情して店に来てくれるようになった。おかげさまで、一年も経たないうちにマンションと呼んでいいところに引っ越せた。ホステスさんがたくさん住んでたから、ひらひらふわふわした下着なんかが干されてた。

(彼もお金がなかった時代があると強調してますが、お色気仕事の現場でもモテてすぐ貧乏を脱せたとも強調してます。いったん卑下しても、即座に自慢に持っていかずにはいられない人なのですね。

私が隣の女のネグリジェ姿を書けば、彼は職場にそんな女がいたことにする。そしてレースのカーテンがかかっているとは書いてないけど、いかにもひらひらしていそうなマンションに越せたのをほのめかしています。

彼がいかなるときもせずにはいられない、モテ自慢もふんだんに織り込んでます）

※私のエッセイ『あの人はどうしているかなぁ』

あの人は大学の近くの書店の店員で、買いに行くうちにこれお薦めですよ、あなたが好きなあの作家の新刊が出ますよ、みたいなことをいってもらえるようになった。

彼のお薦めにはずれなしで、私のことをすごくわかってくれる人だと感動した。でも、それ以上の関係にはならなかった。

好感は持てたけど、タイプな訳じゃないし。それは、あちらも同じようだった。

大学を出たら、その書店には寄らなくなった。ときおりふっと、彼に就職先や恋人を選んでほしいなと思うことがある。でも、それはできないんだな、きっと。

（私は、一部で私をわかってくれている男が私のすべてをわかってくれるわけじゃなかった、という趣旨のことを書いたのです。色恋と関係ない理解や共感もある、とも。

そして私は、簡単にモテているなんて自惚《うぬぼ》れもせず、女として好意を持たれている

なんて勘違いもしませんでした）

※彼のエッセイ『夏が来れば思い出す、ときもある』

（あの子は飲み会の席にはしょっちゅう来てたけど、二人きりで会ったことはなかった。二人きりになりたい、とも思わなかった。

もともと、住む世界が違うとは最初から感じてたし。あの子はお嬢様で、五つ星ホテルにしか泊まったことがない育ちだったのに、元祖バックパッカーだった僕は、南京虫が出る部屋で平気で寝られる奴だった。

どこかで顔を合わせても、挨拶《あいさつ》だけして離れていくか、軽くあたり障りない世間話をするだけだったと思う。それが、あるパーティーの二次会でたまたま隣になったとき、唐突に泣きながらカバンで叩《たた》かれた。

そのとき初めて、僕って彼女からはつぶしたい南京虫に見えてるのかな、と思った。違う、とはいってくれたけど。ただ叩きたかっただけだと。なんだそりゃ。

（彼の場合、わかりあえないと見ていた女が、実は自分に片思いしていたという、例によってモテ自慢です。とことん、勘違いしています。

それはさておき、彼は別のところで三十過ぎるまでパスポートを持ってなかったとも書いているのです。どうしてそれで、バックパッカーができるのでしょうか。

さらに、一目惚れする女でなきゃ付き合わない、と別のところで書きながら、パソコンのオフ会で、顔も知らない女と会うのが生き甲斐《がい》だった、とも書いてます。

創作するにしても、もっと整合性をもたせなきゃと心配になります)

※私のエッセイ『デブ専の店』

なんだかすごい取材をさせられた。体重が三ケタある女ばかりの風俗店があるという。ナンバーワンの子は、確かに百キロ超えだが顔は愛嬌《あいきょう》があった。けれど店長は、

「強い相撲取りみたいな面構えの女達の中にいるから、この子はナンバーワンなのであって、売れたからって調子に乗って普通の店なんか行ったら、ただのデブでしかないですよ。というより、まず採用もされないし」

などとシビアにいい放った。でも、自分が受け入れられない場所に入り込もうと足《あ》掻《が》くより、自分が輝ける場所を探す方がいい、とも教えてくれた。

(私は今、自分が一番になれる可能性のある場所にいるんだろうか。取材しながら、真剣に考えました。

無理とわかっているし、輝けなくても最下位でも、いたい場所にいたい。自分の考えもまとまった原稿が書け、充足感があったのを覚えています)

※彼のエッセイ『怖い鍋《なべ》』

一般的な人ばかりのここなら、自分が金持ち。大人しい人達ばかりが住む地区なら、

うちが仕切れる。それに、旦那《だんな》はコワモテ。昔は悪かった。今は落ち着いてるけど、まだまだ睨《にら》みは利かせられる。

って感じだったな、あの夫婦。ああいうの、絶対に都会には出ていかないし。本物の金持ちが住む高級住宅街には、決して引っ越さない。都会に出れば、ただの田舎者だし。ハイソ地区に移れば、下品な貧乏人になり下がるし。

(この頃、夏祭りのときにカレー鍋に砒素《ひそ》を入れて逮捕された夫婦の事件が世間を騒がせていました。それを題材に、私のエッセイに寄せてきているのは一目瞭然《いちもくりょうぜん》です。

自分が威張れる場所にいた人達、と一くくりにされるのは、デブ専の子にも私にも失礼じゃないですか。いえ、私のことをあてこすっているのです。

おじさんおばさんの書き手の中にいたら、若い女というだけでちやほやされるけど、もっと若い可愛い子が入ってきたらどうなるよ、お前なんか用済みだよ、といいたかったのです。いえ、いっているのも同然です。

ちなみに彼は、その地区に住んで夏祭りにも参加していた友達がいる、とも書いてます。その友達は、犯人の奥さんとファミレスでカレーを食べたこともある、と。

その後、彼はこの事件の裁判の傍聴にも行って、ルポを書いてますが、被告がどんな服を着ていたか、みたいな話ばかり。

いっさい、夏祭りに参加した友達にはふれていません。普通、そんな友達がいれば被告の人となりについて聞いて、もっと詳しく書くでしょう。

思うに、そんな友達は実在しないのです）

——もう、これくらいにしておきます。まだまだあるのですが、私の精神、気力がもちません。今も泣きながら、これを書いてます。

さて。古典文学の中に、子どもの頃に読んで、今もとても怖い話として印象に残っているものがあります。

九百年ほど昔、都の中心地に見事な城壁があった。しかし戦乱などで街はすっかり荒廃しており、そこも盗賊の隠れ家や引き取り手のない死体の捨て場にもなっていた。

ある日、そこに忍び込んだ盗賊が、気味の悪い光景を目の当たりにする。老婆が若い女の死体から、長い髪の毛を抜いていたのだ。

盗賊が何をしているのかと聞けば、見事な髪の毛なので抜いて鬘《かつら》にするという。

盗賊はその髪の毛も、老婆の着物も死体の着物もはぎ取って立ち去った……。

私はこの若い女の死体となりました。彼は髪の毛を抜く老婆であり、何もかも持ち去る盗賊でもあったのです。

髪の毛とともに、私は文体やアイデアや気力、そんなものまで抜きとられていたのです。

その光景は、目を閉じれば瞼《まぶた》に浮かび、夜の夢にも生々しく再現されました。私の周りは、死体でいっぱい。もうすぐ死ぬ重病人も捨てられていて、てんでに恨み事や念仏やうわごとを漏らし、どれが誰の声で私の考えなのかわからなくなるのです。

連載しているときは、死にたいほどつらかった。私は、編集長にも話をしました。彼がいちいち盗作して、嫌味や皮肉、変な説教などしてくるのが怖くてならないと。

なのに編集長は、パソコン通信の世界から飛びだすスター作家を作るプロジェクトに乗っかっていて、推されていた彼を取ったのです。何もかもが私の思い過ごし、思いこみ、盗作の事実なんかない、と決めつけて。

立場の弱い声の小さい私が、連載を降りるしかありませんでした。彼は何食わぬ顔をして、別の人からせっせと盗んでいました。

その後の活躍を見ても、祝福なんかできなかった。盗作の噂が広まり始める頃も、私もですと名乗り出ることすら怖かった。

さて。彼の作品の中では比較的マイナーな作品に、私を主人公にしたとしか思えないものがあります。出身地、卒業した高校、家庭環境、容姿、上京後のあれこれ、とにかく私を知る人は、私がモデルだとしか読めないでしょう。

私は彼と面識がないので、きっと編集長が教えたんだと確信してます。私を追いこみ、彼に書かせ、売れっ子作家を世に出したと経歴に加えるために。

だけど、整形まみれの変な顔だの、裏稼業に関わっていただの、そんなことはもうどうでもいいのです。もちろん、不快ではあるけれど。

一人で自宅で産んだ、父親のわからない子を殺した。

ここのところだけは、許せません。あの子は生まれたときから死んでいたのです。私が殺したんじゃない。警察に届けず実家の庭に埋めたのも、早くうちの子として生まれ変わってきてね、という願いをこめてのことです。

彼も妻がいて子どもがいるのに、よく子殺しの場面を書けたものです。

そして私は何か、ちょっと思い違いをしていましたね。編集長こそが、私の死骸《しがい》から髪にからめて心を抜き取っていた老婆です。

彼はすべてじっと物陰から見ていて、髪の毛どころか私の着物も、ついでに編集長である老婆からも着物をはぎ取った盗賊だったのです。

私は、されるがままに髪の毛と思考を盗まれていた死んだ女だったのです。】

――最近、ネットにこのような書き込みがなされ、転載され拡散しています。

まったくの、とも強くいい切れない部分もあるのですが、かなりの部分が書き手の妄想に近い思い込みと事実の捻《ね》じ曲げ、こじつけといいがかりです。

なるべく事実だけを、できるだけ公正に記していこうと思っております。

まず、私は当該のメールマガジンの女性編集長とされている者です。

確かにその頃は都内で出版社に勤め、編集の仕事をしておりました。諸般の事情から実家のある地方の町に戻り、そこで老親の介護をしながら地元の一般企業に勤めております。今は、それらの業界とはまったく関わっておりません。

過去には、確かに名指しされている男性作家の担当をしていたこともあります。彼はかつてベストセラーを連発し、有名な賞をいくつも取った人気作家だった時期があります。

事実、盗作トラブルで彼は華やかな活躍の場からは去りました。しかし、今も文筆業やマスコミ関係の仕事には携わっておられます。

この怪文書といっていいものを最初に拡散した女性もまた、本当に私が原稿を依頼して連載していただいておりました。当時は、若手の新人ライターでした。

大学生の頃からなかなかの文才を発揮していた方で、いずれ小説も書いていただきたいと私から声をかけました。最初のうちは掛け値なしに、私以外からも彼女は将来有望だと見られていました。

けれど次第に精神的な疲弊がたまっていったようで、どう考えても本人の被害妄想でしかないことでいろいろな人とトラブルを起こすようになりました。

両者を二十四時間監視して何もかも把握するということは不可能ですが、私が知る限り、彼らの共通の友人、知人、関係者の誰に聞いても、彼と彼女、二人が直接会っていたことはないようです。

彼本人にも確かめましたが、一方的に彼女からストーカー的な嫌がらせを受けていたのは事実としても、深い関係などありえないとのことです。

ぜひ、彼女が彼に思考を盗まれた、考えを抜き取られたと主張するエッセイを冷静に読み比べてみてください。これは捏造《ねつぞう》ではなく、本当に二人が書いていたものです。

おわかりでしょうが、普通に読み比べてみれば、彼はこれに関しては盗作も剽窃《ひょうせつ》も一切していないように見えるでしょう。

「私の作品との類似性は、ネットでは盛んに検証されていましたが、雑誌などではいっさい取りあげられませんでした」

とありますが、これに関するネットの書き込みはほとんどが彼女自身による自作自演です。ちゃんとした雑誌が彼女の書くものについては取りあげなかったのは、彼女の思いこみで、盗作とはみなされていなかったからです。

たとえばクリスマスになれば、たいていのエッセイストが連載の中でクリスマスに触れるでしょうし、クリスマスとあるだけでタイトルを真似られた、には無理があります。

あまりファッションに詳しくない彼くらいの年齢の男性なら、セクシーなドレスはネグリジェと書くかもしれないでしょう。

こういうのまで盗作だとされたら、何も書けません。すべて、こじつけられます。いちいち彼女は、あれは私への当てこすり、彼のいつもの自慢、と書いてますが、それは彼女の自意識過剰以外の何物でもありません。

彼は当時から盛んに接触しようとしていた彼女とは、極力関わりを持たぬよう気をつけていたので、挑発的にあてこするなんてないでしょう。

またいちゃもんつけられたら困る、という意味で彼女のエッセイは読んで、かぶらないよう逆に気をつけていたくらいです。

また、バックパッカーとは低予算でリュックサックを背負って海外を長期旅行する人という定義になっていますが、彼は国内の短期の旅行にもその言葉を使っていました。

彼女は、彼は海外旅行をしていたなんて嘘をついた、と決めつけますが、彼は海外旅行とは一言も書いていません。これに限らず、彼女の勘違いと思いこみと決めつけは、それこそ一覧表が作れます。

それから、カレー事件ですが。その祭りに参加していた、彼の友達は実在します。

ただその彼の友達は、直接的に事件には関わっていなくても後々、心的外傷と近所トラブルに苦しみ、彼に対して事件のことを書くのはいいが、自分のことは出さないでくれと頼んでいました。彼は約束を守っただけです。

そして、彼女をモデルにした小説というのも、まったくの思いこみです。小説そのものは現実に発売されています。書店にはもうありませんが、ネットでは買えるはずです。

私が担当しましたから、彼の取材などの場に同行、同席しました。あの話には、本物のモデルがいらっしゃいます。プロフィールはかなり脚色はしておりますが、本物のモデルからは、書くこと、作品化に関しては完全な同意を得ております。

赤ちゃんの死んだ話というのが、どこの箇所を指すのかはまったくわかりません。そんな場面は、小説には出てこないのです。

これに関しては、彼女のプライバシーやデリケートなことに触れることになるので詳細は省きますが、みずから重大な罪を告白してまで、彼のマイナーな小説を掘り起こしてくるとは言葉が出ません。

もしかしたら、赤ちゃん自体が彼女の妄想でしょうか。そうであってほしいです。

こちらもいい分はあるし、いちいち検証して反論すればきりがなくなるのでこの辺にしておきますが、とにかく彼女の書き込みはほとんどが妄想によるものです。

またしても彼女からは非難されそうですが、彼女が心の均衡を崩したのは、彼が人気作家として突如、脚光を浴びたからでしょう。

当時はまだ、知る人ぞ知るメルマガで同じように横並びで連載していた仲間だったのに、彼だけが躍り出た。人気作家として活躍するのは自分だったはずなのに、どうして私は無名のままなの。そう、みずから髪の毛をかきむしったのでしょう。

私の方が実力、才能、人気もあるし、若くて可愛い。あんな見た目からして普通の、経歴も怪しげなオジサンに負けるなんておかしい。彼女の性格は、知り尽くしております。こんなふうに、荒れた城壁で地団太を踏んでたんですよ。

私も彼に作品を盗まれた。盗まれなかったら私が今頃……となっていったのでしょう。その気持ち、わからなくはないですが。

いくら才能があっても、ああまで各所で揉《も》め事を起こしていては、書く場もなくなっていくのは仕方ないことですと、はっきり申しあげておきます。

彼も盗作の罪は認めて謝罪して制裁も受け、今は地道に活動を続けておられます。

彼女がしばらくして、地元に戻ったという噂はありました。幼なじみと結婚したとも聞き、それは良かったと心底から安堵《あんど》しておりました。

その後、十年くらい何の消息も聞かずこちらに接触もなかったのに。突如としてあのような書き込みを始めたのは何がきっかけなのか、よくわかりません。

いいえ、この彼女による文章を見てからいろいろな人にその後を知らないか、今どうしていたのかと訊《たず》ねてみたところ、旦那《だんな》さんとうまくいかなくなって離婚した、旦那さんが出ていった、というような話を何人かに聞かされました。

再び荒廃した城壁の隅に打ち捨てられ、何者かに髪を抜かれたのでしょうか。

もしや、彼女が寝転がっている旦那さんの髪の毛を抜いているんじゃないですか。

私を愛していた頃の記憶を抜きだしたい、みたいなことをぶつぶつとつぶやきながら。

妻《め》を具《ぐ》して丹《たん》波《ばの》国《くに》に行きたる男、大《おお》江《え》山《やま》に於《お》いて縛られし語《こと》

（巻第二十九第二十三話）

妻の故郷である丹波の国に行くため、妻を馬に乗せ、夫は弓矢を持って歩いていると、大江山で太刀を帯びた屈強な若い男と道連れになった。夫はその太刀がどうしてもほしくなり、弓矢と交換したところ、弓矢で脅され、馬の手綱で木にきつく縛り付けられた。若い男は夫の目の前で妻を犯し、立ち去っていった。妻は夫を頼りないとなじりながら、丹波に向かった。

その事件は、衝撃的という形容の前にまずは、扇情的というのが来る。

もちろん全国ニュースのトップで報道されたし、各局のワイドショーをにぎわした。ネットでも燃え上がり、週刊誌や新聞でも大きく取りあげられた。

しかし、ミステリーやオカルト好き、当事者達に興味や思い入れがある地元の人や、仕事などで直接、間接的に知っていた人達はさておき、テレビや新聞、週刊誌などはすぐに収束していった。

次々に新しい事件やもっと大きなスキャンダルは起こるし、その事件の主役で被害者である女性も、全国の老若男女に広く知られた名前ではなかった。その世界では有名、その分野では人気、といったファンの限られる存在だった。

彼女はデビュー時は目立たないアイドルで、地方のイベントの大勢のゲストの一人、ドラマの端役などで細々と活動していた。突然すべてをさらけ出したヌードで男性誌のグラビアに登場すると、一気に世の男性達に人気が出た。

童顔で巨乳が主流の中、どことなく薄幸そうな顔立ちと、乳房も何もかも控えめな雰囲気の華奢《きゃしゃ》な体は妙な背徳感をそそり、写真集もDVDも出せば売れた。

そんな彼女はSNSなども控えめで、事務所の公式のものがあるだけだった。本人は私生活を極力出さず、写真集の発売で簡単なサイン会をやるくらいで、地上波のバラエティ番組にもネットの配信などにも、滅多に出なかった。

ファンの誰もが、いつAVに出るのかと期待していたが、決してそれだけはやらなかった。成人向けの映画やイメージビデオと呼ばれるものにはきわどい格好で出ても、とにかく男優とからむ、ずばりの行為を見せることはなかった。

だから彼女は、最後まで最期までアイドルでいられたのだし、今もセクシータレントの猟奇的な死というより、可憐《かれん》なアイドルの悲劇として扱われているのだ。

彼女の無残な遺体が発見されたのは、高校を出るまで過ごした地方の町の物寂しい河川敷の草むらだった。

ちなみに高校までの彼女は、誰に聞いても家庭環境も言動も何もかもがごく普通の子だったという。上京したのも、音大も無理でプロになるのも難しいだろうけど、音楽に関わる勉強と仕事をしたいというもので、専門学校にも真面目に通っていた。

専門学校在学中に小さな芸能事務所の社長にスカウトされ、いきなり芸能活動を始めたことに地元の友達は驚いたが、セクシー系に転向した頃には、地元の友達とはほぼ付き合いはなくなっていた。

唯一、元彼とだけ、つながっていた。一緒に死んでいたのも、その彼だった。

河川敷に停めた車の中は血の海で、喉《のど》を掻《か》き切られた男の遺体があり、十メートルほど離れた草むらで、首を絞められた痕《あと》のある女の遺体が発見された。遺書などはなく、死の直前も二人はそれぞれ、なんてことのない電話やラインを親や友達と交わしていた。

実家と所属事務所から捜索願が出ていたため、女の身元はすぐにわかった。車の所有者を調べ、男の身許《みもと》も割りだされた。二人は地元の中学、高校で同級生だった。

事件は最初から、彼による無理心中だとされた。彼はマルチ商法に関わって多くの人から恨みを買い、責められ、消費者金融に多額の借金もあった。

彼女とは高校時代から地味なアイドル時代まで付き合っていたが、セクシー系のグラビアに出るようになってからは一たん別れたことになっている。

互いに新しい相手ができ、しかしどちらもその相手とはあまりうまくいってなかったという。彼の方から必死によりを戻そうとしていた、との証言もあった。

仕事の失敗と人間関係の破綻《はたん》、借金で悩み苦しんでいたところに、元恋人のセクシー系への転向と思いがけない人気。また新しい男もできたと聞かされた。

その男と別れたって、アイドル的な人気を得ている彼女にはすぐ、次の男が現れるだろう。嫉妬《しっと》や独占欲、未練なども加わり、彼が暴走した。

そのように警察も発表し、マスコミ報道もされた。ただ、当初から疑問視も多かった。

彼女はベルトのようなもので絞殺された痕があったが、それが見当たらない。彼は後部座席にうずくまる格好で息絶えていたが、首だけでなく手や胸や背中にも傷があった。

背中には、自分では刺せない角度から刃物が入っていたし、足元に落ちていたナイフには、彼の指紋もなかった。これは車内で抵抗する彼を殺害した何者かが、最初から手袋をしていたか、ナイフから指紋をぬぐったと見るべきだろう。

なのに捜査本部も設置されず、無理心中で片付けられてしまった。

後に、被疑者死亡とされ保険金支払いも拒否された彼の親が提訴し、民事訴訟で勝って保険は支払われたが、彼の名誉は回復されなかった。

彼女の親は、彼とその家族を責めなかった。警察に再捜査も願い出なかった。ただもう、そっとしておいてほしいと沈黙を守った。

十年経つ今も、彼女の名前はなつかしのアイドル特集などでも出てくるが、未解決事件というキーワードとセットでも出てくる。

あの事件は刑事事件としては解決済みだが、世間では未解決とみなされているのだ。

【はい。事前の録音、オッケーです。簡単な自己紹介と、はい、台本通りのモノローグ、いきますっ。

……いきなり全国ネットのテレビ局から仕事をもらった。

普段は地味に肉体労働のバイトを掛け持ちしながら、安アパートで一人暮らしをしている、どこにでもいそうな目立たない男だ。

口コミだけでこの商売を副業というより、ちょっとした人助けのつもりでやっている。

専業にするつもりは、なかった。まだまだ、自分は修業が足りない。能力は限定されたもので、できないことの方が多いからと遠慮し、恐縮もしていた。こんなんで、お金なんかもらっちゃいけないだろうと、躊躇《ためら》いも強かった。

なのに、テレビ局から依頼だ。あの人はすごい、本物だと絶賛する依頼者の一人が推薦してくれたそうで、それは素直にありがたいといっていい。少なくともその人は、僕に救われた、依頼してよかったと思ってくれているのだろうから。

実は最近の僕は、そちらの力が自分でも恐ろしいほど研ぎ澄まされてきて、広く知ってほしい気持ちにもなってきていたのだ。

何より、僕はこの事件の被害者の一人である女性のファンだった。地元が近かったそうで、残念ながら近づきにはなれなかったけど、雑誌なんかで見て好きになった。

こんな可愛い女性と結婚できたら幸せだろうな、そんな夢も見た。

昔、地元じゃいっぱしのワルぶってあれこれやらかしてはいたけれど、実は気弱で人見知りする、女にも奥手だった僕。もしそのときに知りあっていたとしても、きっと何もできなかっただろう。

同じく内気そうで恥ずかしがりに見えるのに、大胆な格好で自身をさらけ出せる彼女に、勝手な共感と憧《あこが》れを持っていた。

だから、彼女の無残な死の報道は僕を打ちのめした。犯人が許せないと憤怒《ふんぬ》に燃え、このまま逃げ得なんてと、身内のことのように絶望的な気持ちにもなった。

じゃあ、お前の能力で突きとめればいいじゃないか、こういうときこそ能力を発揮して、彼女を呼びだして犯人について聞きなさい、という人もいた。

でもその人達は、僕の能力の発揮の仕方について、ちゃんとわかっていない。僕は、自分の部屋などで瞑想《めいそう》して死者や異界の人達を呼びだし、交信や対話などはできない。

その人が息を引き取った場所、異様な何かが目撃された場所、その現場に出かけて残留思念を読み取り、残像を読み込むというのが僕の手法だ。

いわば僕は、録音と録画の再生装置なのだ。死者達がそのときその場の空気、空間に残した思念を再生し、見て聞けるだけだ。その人が死んだときの気持ちしか読み取れず、新たに別の場所に呼んでは聞き取れない。

妙ないい方だが、死者が死後に新たに考えたことや知ったことは、僕にはわからない。

僕はこれまで、ファンだったとはいえ彼女が絶命させられた河川敷に、自発的に行く気にはなれなかった。

もし犯人の見当がついたとしても、霊能力によるものですと警察にいって、まともに相手にしてもらえるだろうか。

頭が変な奴として、追い返されるだけだ。なんといっても僕は生前の彼女とは、わりと近くに住んでいたとはいえ、何の関係も接点もないのだし。

事件からすでに十年。あの河川敷だというのはわかっても、彼女が倒れていた地点まではもうわからない。遠くから冥福《めいふく》を祈るしかなかった。

それが思いがけず、テレビから依頼が来た。未解決事件を特集するそうで、いろいろな霊能力者や超能力者、占い師に犯人を当てさせ、被害者と対話し、真相に迫るという。

僕は彼女とその恋人の思念を読み込み、いまだわからない犯人を当ててほしいといわれた。彼女の気持ちと交われる。きっと彼女が、僕を呼んでいるのだ。

そして今日、僕はテレビ局が用意してくれたロケバスに乗り、現場の河川敷に連れて行かれた。十年前の事件は、晩夏に起こった。今は真冬だ。

嫌な夢に出てくる景色のような、どこか郷愁的なわびしさのある河川敷。すでに赤色灯が点滅する鉄塔が、薄闇の中で人の姿のようだ。

そろそろ、収録が始まる。ああ、感じる。演技ではなく、僕は没頭した。

この辺りに濃厚に思念がある。これは誰なんだろう。彼女なのかな。いや、違う。もっと邪悪な誰かのものだ。】

「……参ったな、本当に参った。

なんでこんなことになるんだろ。どこでおかしくなったんだろ。元々、俺、そんな金に執着もなかったのに。彼女にも、といったら悪いけど。

しかしあの先輩、悪党だとはわかっていたけど、ここまでとは。俺をマルチに引きずりこんだのも、最初っから彼女目当てだったのかも。だって、紹介してくれた金貸しってのも、先輩の先輩のヤバいチンピラだったし。ばっちり借用書も書かされた。

わかってはいたけど、むちゃくちゃな利息を払わされて。あっという間に、元金の十倍以上も払わされた。

なのに、口座を凍結しただの何だのぐちゃぐちゃ文句をつけられて、まだ利息を乗せられて。

先輩にいきなり猫なで声で、彼女を連れて来たら借用書を返すといわれた。その場で破り捨てていいよと。彼女と借用書が引き換え。女と借金の交換。

ファンなんだ、一回デートさせてよ、もちろん食事とドライブくらいだから。

俺、真に受けた。というより、焦ってたから。この借金地獄から逃れられるんならと、彼女を連れだしてあの鬼畜どもに会わせることにした。

一発くらいやらせろといわれるかな、とは思った。そんときはそんときだ。無理目に彼女が迫られてもやられても、先輩がそんなことする人とは思わなかったんだと、彼女に言い訳できると踏んでいた。

彼女にはとても本当のことといえなくて、高校のときの友達に会おうってちょっと嘘ついて呼びだした。ささやかな同窓会だよ、お前のこと応援してるって。

俺の部屋に泊めて、久しぶりに高校んときみたいな楽しい気分になって。やっぱり可愛いかったな。でも彼女は、好きな社長さんとやらの話をして本気で泣いてた。あーあ、でもそんなふうに心が離れててくれるのは、ちょっと気持ち楽になることだったよ。

翌日の夕方、先輩を迎えに行った。むちゃくちゃ、猫かぶった先輩を。そんで三人で俺の車に乗って出かけた。先輩の車じゃ、彼女が緊張するだろって。

彼女は俺の隣の助手席に座りたがったけど、先輩が強引に並んで後部座席に座った。俺、運転しながら必死にバカ話をした。

先輩がもう、隣に密着した彼女に性欲ダダ漏れになってたから。密着して腿《もも》を撫《な》でまわしながら、そのもっと奥にも手を突っ込もうとして、彼女が必死に抵抗じゃなく、素知らぬ顔をしていた。応じたらその場でやられるし、嫌がったら逆切れされるし。

しかし、このために先輩は俺に車を出させたんだな。シートを汚したくないってのもあるんだろ。ほんっと、ドスケベでケチで嫌な野郎だ。

彼女は俺にも気を遣わなきゃならないし、先輩の機嫌を損ねたら面倒だし怖いってのもあり、必死にあたり障りない話、エロ方面には流れない世間話をしようとがんばってた。

健気《けなげ》だな、罪悪感が押し寄せてきた。このまま、彼女の実家にまで強引に行って解放してやろうかな、とも考えた。

先輩は、すべて上の空。この子とやりたい、これしかないもの。

そのうち、彼女が盛んにお腹空《す》いたといい出した。もしかしたら、車を停めたところで逃げだすつもりだったのかも。とりあえず途中のファミレスに寄ることになったんだけど、駐車場で先輩が、まずは出ろといった。

いったん俺を後部座席、彼女を助手席に移動させると、自分は車の外で何人かに電話した。明らかにヤバい人達にだ。

二人とも、飛びだして逃げるなんてできなかった。すでに彼女は、この先に何が起こるのかわかっているようだった。青ざめていた彼女は、落ち着いていた。

いや、あきらめて投げやりになっていたのか。俺が頼りにならない、俺には助けてもらえないとわかってたんだ。

店には入らず、今度は先輩の運転で走りだして、激しく後悔した。車とキーを渡しちゃうなんて、俺ほんっとバカ。

唐突に、かなり昔に読んだ物語を思い出した。

夫婦が旅の途中で、見知らぬ男と知りあう。男は見事な太刀を持っていて、欲しくなった夫が自分の弓と交換してくれと頼む。

換えてもらって弓を渡したら、男が矢もくれという。夫はすんなり、矢も渡してしまう。即座に男は弓に矢をつがえ、夫婦は脅された。そうして夫は縛られて目の前で妻はヤラれ、馬も太刀も持ち去られる。

確か原作ではそんな感じだけど、映画化されたら三者のいい分がみんな違う、みたいなのがテーマになってたんじゃなかったか。あれみたいだ、と俺は思った。

でもあれ、原作も映画も誰も死なないよな。男は夫婦の命までは取らないし、妻の着物も持っていかないし。男はとことん、極悪人じゃなかった。夫がマヌケ、みたいな雰囲気だった。どうか、あれみたいになりますように。

先輩の運転する車は、暗くなって人通りも外灯も乏しくなった河川敷に向かった。すでに、先輩の先輩やその仲間が性欲でギラギラしながら待ちかまえていた。見覚えがあるような、ないような人達だった。

彼女はもう覚悟できていたようで、ドアを開けられると自分から降りた。どうせ逃げられないなら、一刻も早く済ませたいと願ったんだろう。

お前はしゃがんでろ、と先輩に命じられた。目をつぶってりゃいいんだよ、と。黙って車の中でいわれたとおりにした。

古典の中の夫のように、木に縛りつけられているんじゃない。だけど、縛りつけられているも同然だった。河川敷の暗がりで、彼女は三人に輪姦《りんかん》されていた。男達の声は聞こえたけど、彼女の声はまったくしなかった。

悲鳴もあげず、抵抗せず、彼女は何もかも閉ざしてやり過ごそうとしていたんだ。

その間、自分もひたすら無になろうとした。終われば借金は完済で先輩の締め付けからも自由になって、彼女とは当然さよならとなるだろうけど、それも仕方ない。

そういえばあの古典の中の妻も、乱暴で狡猾《こうかつ》な男より、不甲斐《ふがい》ない夫の方を責めて罵《ののし》るんだった。物語の作者も、そんなふうな気持ちで書いてた感じだった。

古典よりひどい、と気づいたのは、いきなりドアが開けられて髪をつかまれ、顔を上げさせられ、喉《のど》をかき切られたときだ。

誰だ。先輩か。先輩の先輩か。その連れか。わかんない。なにもかもわかんない。

必死にうずくまると、背中を刺された。

あ、彼女はちょっと先に死んでる。そう思った直後、真っ暗だ。ここはどこだ。河川敷か。黄泉《よみ》の国ってやつか。

もしかしたら、妻を凌辱《りょうじょく》されている藪《やぶ》の中か」

「……アイドルにとスカウトされたときはうれしかったし、やる気にもなった。ずっと地味な子で、美人扱いなんかされたこともなかったし。

けどずっと芽が出なくて、いい加減もう疲れて、田舎に戻って彼氏と結婚しようかなと思ってた。ちょっとダメな人だけど、のんびり暮らすにはいい相手かなと。とにかく疲れてたんだわ。熱い気持ちなんか、なかった。

やっぱりあたし、彼をそこまで好きじゃなかった。彼の方も同じだったね。

裸になったのは、スカウトしてくれてマネージャーにもなってくれた社長に本気になったから。ここで初めてあたしは、男に熱くなった。

奥さんも子どももいたけど、あたしと暮らしてくれた。事務所が傾きかけて、ちょっとでも助けになればと裸になったら、自分でもついていけないくらい人気になった。

社長が結婚してくれたら、芸能界なんかすぐ辞める気だった。

でも、ヤバい人達があたしをAVに出そうと割り込んできて、拒んだ社長は未成年を淫行《いんこう》、みたいな罠《わな》にハメられて逮捕されちゃった。

釈放された後は、社長は奥さんの方に戻った。新しい子も生まれた。なに、それ。

あたし、やけになったのか吹っ切れたのか。もうAV出てもいいかな、みたいに。

でも社長を失った痛手は、本当に深くて。死にたかった。

そんなときに、元彼が連絡してきた。高校のときとそのちょっと後までは好きだったけど、やっぱり社長と比べたら、ていうか、比べ物にならない。おままごと、ってやつ。

元彼がいろいろヤバくなってるのも、知ってた。突然にあたしに連絡してきたのも、あたしを借金のカタにしようってんだな、ともわかった。

だけど、よかった。あたしもう、生きながら死んでたようなもんだったから。うんとひどい目に遭えば、そっちで上書きされて社長のこと忘れられるかな、って。元彼なんか、どうでもいい。それで、あーあ、やっぱりね、の展開が続いて。河川敷で輪姦されながら、ずっと無抵抗で無言だったけど。

この後、警察に行くわといっちゃった。脅し、挑発じゃない。真意でもない。あたしの道連れにしてやりたかった。車の中の不甲斐ない元彼。あたしに逆上したら、あの元彼にもとばっちりは行くでしょ。それが狙いの一言。警察に行く。あたし先輩じゃない男の一人が、いきなりベルトで首を絞めてきた。あいつも殺して、無理心中に見せかけりゃいいんだよ、とわめきながら。

それがこの世で最後に聞いた声かな」

【ここで僕はいったん休憩させてください、とスタッフにお願いした。

彼の思念、彼女の思念を探り当てて読み取るところまでは、胸が苦しくなったり頭が痛くなったりはしたものの、順調に進んでいった。

だが、二人を殺した先輩とその仲間二人の思念を読み取ろうとすると、それまでとは違う痛さ苦しさに襲われた。共感できない、鬼畜どもの思念。

この仕事、能力は、よくラジオのチューニングに譬《たと》えられる。周波数が合えば鮮明に聞きとれるが、上手《うま》く合わないと雑音だらけだったり、遠かったり。あるいは、まったく聞こえない。彼と彼女とはきっちり合ったが、先輩達のそれは違う。

複数の人達の思念が混じりあって、どれがどの人のだかわかりにくいのもあるが、一人、途方もない鬼畜が混じっていて、そいつの思念が毒素のように回って痺《しび》れる。】

「自分は普段は、そんなワルではない。妙なとこで常識的で、真面目だったりもする。あいつらは、確かに女と金に汚いし、短気で粗暴だ。ザ・チンピラ。自分は、あいつらとはなんかちょっと違う種類だった。

普段はそんなことないのに、自分でもはっきり説明できないボタンみたいなものがあって、自分でもよくわからない瞬間に押したり押されたりしてしまう。

普通に女と付き合いもするけど、いきなりどうでもいい女をさらって半殺しにして山に捨てるとか。ちょっと生意気だっただけのホステスをストーカーして恐怖のどん底に叩《たた》きこんで、裸にして繁華街に置き去りにするとか。

そこまで憎くもない相手に、突然むちゃくちゃしてしまう。ゲーム感覚で、ちょっと気に障った相手をとことん追いこんでしまう。

かと思えば、けっこうな裏切りをした奴をあっさり許してしまったり、そこまで夢中でもない女にいきなり大金をつぎ込んだり。そのボタンの在り処《どころ》も、よくわかってない。

　奴らも、自分のそういう不気味な瞬発力、得体の知れない凶悪さに恐れを感じて遠ざけもし、仲間として引き入れもしていた。

　久しぶりにそのボタンがむき出しになったのが、仲間が連れてきたグラビアの子だ。元々いいなとは思ってたけど、異様に興奮した。やりたいどころか、永遠に自分のものにしたいと頭が燃えさかった。可愛すぎて、殺すしかなくなっていた。

　子どもを虐待死させる親がいるけど、あれも憎いからじゃなくて可愛すぎてどうにもならなくておかしくなっちゃって、殺すんだよ。自分は、そう思う。

　同時に、地元の顔見知り程度で可愛くも憎くもなかったその彼氏ってのに、親の仇《かたき》かってほどの憎しみで真っ黒な炎が燃えた。

　てめぇの不甲斐なさのせいで、こうなったんだ。彼女を借金のカタに差し出して、自分は無傷で助かろうなんて、最低最悪のクズだな、お前。うんと苦しんで死ぬべきだ。

　その苦しみ悶《もだ》えるさまを、この手で生々しく味わいたい。

　なんとかって古典に出てくる藪の中の男も、そんな気分だったろう。自分なら、絶対に夫婦を置き去りになんかしないけどね。今度は妻の目の前で、夫を嬲《なぶ》ってやる。

　気がついたら、女の首を絞めてた。他の奴らはさすがにビビってたけど。

あいつも殺して、無理心中に見せかけりゃいいんだよ。

といったら、弾《はじ》かれたように従った。自分はそのとき、鬼畜っていうか修羅っていうか、誰も何も逆らえないほどの異形の何かになってたんだろう」


【……ああ、これは僕の残留思念ですね。

はい、そのとき僕も輪姦《りんかん》に加わっていて、二人を殺害しました。あ〜、だめだ。昔の自分に白状させられちゃった。

いや、白状したかったんです。だから、この依頼も引き受けた。あの事件を担当させられると知ったときは、身震いしました。ついにきた、って性的絶頂に達しましたよ。

まさか、現場にこんなに自分自身の思念が残っていたとは。我ながら驚いた。

この後に僕は破滅が待っているのに、なんだかすごい達成感というか、修業がある段階まで進んだという喜びすらあります。

あの事件ね。半ば逮捕は覚悟してたんですけど、無理心中ってことで片付けられて。首謀者の先輩はビクついてはいたけど、一年過ぎたらケロッとしてました。

あの子、オッパイ小さいけどあそこも小さくて、みたいな鬼畜なこと笑っていってた。そう、僕とは違う種類の鬼畜ですね。でも、地上の小物ですよ。本物の地獄の鬼の責め苦には、耐えられなかったんだから。

先輩はあれから闇金やって羽振りもよくなって、成功体験に味しめたんでしょ。本物のAV女優を襲って、本職の怖い人達に拉致《らち》られて、行方不明。

実は先輩が前に女と住んでたマンションの部屋に行ったら、たっぷり先輩の残留思念が染みついてました。僕ですら腰が引ける、ものすごい嬲り殺しに遭ってます。どうかもう死なせてください、と哀願してるもの。

そこで死んでるから、意識もそこで途切れてて、死体がどこにあるかはわからない。別に、見つけてやる義理もないし。

もう一人は、ほとぼり冷ますつもりか、東南アジアの某国に渡りました。そこでもちょろちょろ、日本人相手に詐欺を働いてたようで。

現地の殺し屋にやられたんですよ。ジャングルの中で銃弾を何発も顔にぶち込まれた腐乱死体が見つかったの、ニュースになったでしょ。

そのジャングルにまでは行けないなぁ。行く意味もないし、あれの残留思念なんか読みたくもないし。僕、恥ずかしながら虫が苦手で。

あいつジャングルの中に連れて行かれる途中、絶対に日本にはいない巨大な芋虫やムカデや蛭《ひる》に遭遇してるでしょ。それを追体験させられるのは、嫌だなぁ。銃弾を顔にぶち込まれる追体験の方が、まだましですよ。

僕はあの後、原因不明の感染症から視力を失いました。

初めて真っ当に誰かのために生きようと、鍼灸《しんきゅう》治療の資格を取る勉強を始めた頃、こういう能力を身に付けていったんです。

鬼畜なところ、変なスイッチも持ってますが、あれからずっと良心の呵責《かしゃく》ってやつに苛《さいな》まれてきました。ちゃんと死ぬ前に、自白しておきたかったんです。

実は先日、余命わずかと診断されたんです。こんだけ悪いことしておいて、僕だけ病院のベッドで病気で死ねるってのは、ありがたいことです。

彼女を絞めたベルトと、彼を刺したナイフ。今も、自宅に隠してます。それにも現場とは違う残留思念が染みついてて、怖いのなんの……。】

本書は書き下ろしです。

忌《い》まわ昔《むかし》

岩《いわ》井《い》志《し》麻《ま》子《こ》

角川ホラー文庫　21681

令和元年６月25日　初版発行
令和６年12月５日　４版発行

発行者――山下直久
発　行――株式会社KADOKAWA
〒102-8177　東京都千代田区富士見2-13-3
電話 0570-002-301（ナビダイヤル）
印刷所――株式会社KADOKAWA
製本所――株式会社KADOKAWA
装幀者――田島照久

●お問い合わせ
https://www.kadokawa.co.jp/（「お問い合わせ」へお進みください）
※内容によっては、お答えできない場合があります。
※サポートは日本国内のみとさせていただきます。
※Japanese text only

ISBN978-4-04-108426-7　C0193

角川文庫発刊に際して

角川源義

第二次世界大戦の敗北は、軍事力の敗北であった以上に、私たちの若い文化力の敗退であった。私たちの文化が戦争に対して如何に無力であり、単なるあだ花に過ぎなかったかを、私たちは身を以て体験し痛感した。西洋近代文化の摂取にとって、明治以後八十年の歳月は決して短かすぎたとは言えない。にもかかわらず、近代文化の伝統を確立し、自由な批判と柔軟な良識に富む文化層として自らを形成することに私たちは失敗して来た。そしてこれは、各層への文化の普及滲透を任務とする出版人の責任でもあった。

一九四五年以来、私たちは再び振出しに戻り、第一歩から踏み出すことを余儀なくされた。これは大きな不幸ではあるが、反面、これまでの混沌・未熟・歪曲の中にあった我が国の文化に秩序と確たる基礎を齎らすためには絶好の機会でもある。角川書店は、このような祖国の文化的危機にあたり、微力をも顧みず再建の礎石たるべき抱負と決意とをもって出発したが、ここに創立以来の念願を果すべく角川文庫を発刊する。これまで刊行されたあらゆる全集叢書文庫類の長所と短所とを検討し、古今東西の不朽の典籍を、良心的編集のもとに、廉価に、そして書架にふさわしい美本として、多くのひとびとに提供しようとする。しかし私たちは徒らに百科全書的な知識のジレッタントを作ることを目的とせず、あくまで祖国の文化に秩序と再建への道を示し、この文庫を角川書店の栄ある事業として、今後永久に継続発展せしめ、学芸と教養との殿堂として大成せんことを期したい。多くの読書子の愛情ある忠言と支持とによって、この希望と抱負とを完遂せしめられんことを願う。

一九四九年五月三日

現代百物語 生霊

岩井志麻子

生きている人間が恐ろしい。

普段から恨みを買っていた不良女の交通事故。共依存する母子がお互いに抱く心の闇。いじめっ子の少年が落ちた陥穽。相性の悪いアシスタント同士の意外な関係。妻子ある男に恋した姉妹の相剋。実話になってしまった創り話。そして著者の肩に四十肩のように重くのしかかる生き霊……。意識、無意識のうちに身内や他人に対して抱く想念が、嫉妬や恨みとして顕在化するとき、生き霊となるのか？大好評実話怪談第３弾！

角川ホラー文庫

ISBN 978-4-04-359608-9

現代百物語　悪夢

岩井志麻子

ふとした違和感。おかしな隣人――。

奇妙な赤ちゃんの夢を見る女。モデルの女性が怯える、忌まわしい村のしきたり。留置場にただ一人いた親切な男の意外な過去。叔母を憎み、互いも憎みあう偽姉妹。もう一人の自分に電話を掛ける男。取り憑かれ要員の女。著者がタイのレストランで見た、生々しい夢…。日常からふと顔を出した奇妙な話の数々から、悪魔が見せる夢よりもおぞましい人間の闇が浮き彫りとなる。好評実話怪談シリーズ、第４弾。〈特別寄稿・西原理恵子〉

角川ホラー文庫

ISBN 978-4-04-100347-3

現代百物語 因果

岩井志麻子

因果に満ちた99話

ダイヤが原因で滅びてしまった一家。夫が妻に語ったある夏の出来事。後輩に対して威圧的な振舞いを続けた男の末路。混線した電話から小さく聞こえる誰かの会話。欲望に支配された人の心の闇は深い。その闇が引き起こすさまざまな怪異におののくと同時に、同じような業に自分自身が囚われていることにふと気づかされる……。善悪の行為が因となり、その報いが身に降りかかる！　恐怖がふつふつと臓腑に涌く現代怪談第８弾！

角川ホラー文庫
ISBN 978-4-04-104338-7

ISBN 978-4-04-106897-7